U0031099

A Highlight Tour of Public Art in New York

何春寰／撰文

帶你逛紐約無牆美術館

藝術家 出版社

序 人人都是公共藝術家

台灣整體文化美學，如果從「公共藝術」的領域來看，它可不可能代表我們社會對藝術的涵養與品味？二十世紀以來，藝術早已脫離過去藝術服務於階級與身分，而走向親近民眾，為全民擁有。一九六五年，德國前衛藝術家約瑟夫‧波依斯已建構「擴大藝術」之概念，曾提出「每個人都是藝術家」；而今天的「公共藝術」就是打破了不同藝術形式間的藩籬，在藝術家創作前後，注重民眾參與，歡迎人人投入公共藝術的建構過程，期盼美好作品呈現在你我日常生活的空間環境。

公共藝術如能代表全民美學涵養與民主價值觀的一種有形呈現，那麼，它就是與全民息息相關的重要課題。一九九二年文化藝術獎助條例立法通過，台灣的公共藝術時代正式來臨，之後文建會曾編列特別預算，推動「公共藝術示範（實驗）設置案」，公共空間陸續出現藝術品。熱鬧的公共藝術政策，其實在歷經十多年的發展也遇到不少瓶頸，實在需要沉澱、整理、記錄、探討與再學習，使台灣公共藝術更上層樓。

藝術家出版社早在一九九二年與文建會合作出版「環境藝術叢書」十六冊，開啟台灣環境藝術系列叢書的先聲。接著於一九九四年推出國內第一套「公共藝術系列」叢書十六冊，一九九七年再度出版十二冊「公共藝術圖書」，這四十四冊有關公共藝術書籍的推出，對台灣公共藝術的推展深具顯著實質的助益。今天公共藝術歷經十多年發展，遇到許多亟待解決的問題，需要重新檢視探討，更重要的是從觀念教育與美感學習再出發，因此，藝術家出版社從全民美育與美學生活的角度，全新編輯推出「空間景觀‧公共藝術」精緻而普羅的公共藝術讀物。由黃健敏建築師策劃的這套叢書，從都市、場域、形式與論述等四個主軸出發，邀請各領域專家執筆，以更貼近生活化的內容，提供更多元化的先進觀點，傳達公共藝術的精髓與真義。

民眾的關懷與參與一向是公共藝術主要精神，希望經由這套叢書的出版，輕鬆引領更多人對公共藝術有清晰的認識，走向「空間因藝術而豐富，景觀因藝術而發光」的生活境界。

Contents

目次

第一章「紐約」

前言：藝術就在你身邊

「園，同時匯聚於這個寸土寸金的城市；而「公共藝術」在紐約精采都會⋯⋯更增添了一番令人驚豔的理由⋯⋯無數隱藏⋯住⋯無敵隱藏⋯生動⋯⋯歌曲《紐約、紐約》如是說。

紐約，一個既夢幻又寫實的現代都市，大樓疊立、交通運輸⋯⋯法蘭克·辛納屈所唱歌曲《紐約、紐約》如是說。

約紐約，我要成為她的一部分」法蘭克·辛納屈所

大型策劃展覽是紐約中央車站內常見的藝術活動。（上圖、左頁圖）

紐約市天空中二個超大型佈滿大眼睛圖案的漂浮氣球，讓人驚艷。（2、3頁圖）

　　紐約自一六六四年建城，在都市空間規劃設計與建造的過程中，從見山鏟除、遇水塡平，到現代化摩天大廈林立，街道、公園、廣場、綠地的鋪陳，再到公共藝術的設置，可說是一場以意志力與創意改變都會生活環境的漫長與巨大工程。正如法蘭克・辛納屈在〈紐約・紐約〉的經典歌曲中之歌詞：「紐約、紐約，我要成爲她的一部分」（I want to be a part of it——New York, New York）所形容，紐約就像一塊超級大磁石一般，吸引了來自全球的各路菁英，前仆後繼地投入這場大建設之中；而且直到今天，這座城市面貌與生活內涵的大建設，還持續地進行中。

　　尤其，近二十幾年以來「公共藝術」在紐約蓬勃發展，不論是概念的醞釀、提倡；

「百分比公共藝術法」的催生與執行；「公共藝術」定義與內涵的不斷被挑戰與更新；來自藝術家、民間機構或官方單位在金錢與智慧上的投入與努力，在在使得紐約的「公共藝術」所樹立的執行模式與創作趨勢，成爲世界各大都市與藝術家們所仿效的楷模。

　　其實，廿世紀初期以來，「無牆美術館」觀念的興起、美國資本家大量投資與收藏藝術品的風潮帶動下，在企業大樓的戶外開放空間或室內大廳等公共空間之中設置藝術品，已成爲企業主與建築師以藝術美化及提升環境品質的慣性思考。紐約市的多個近代建築開發大案，例如洛克菲勒中心、世界金融貿易中心，以及第五大道與公園大道上的企業辦公總部、住宅大廈的大廳、門庭等，隨處都可見到巨大華麗藝術品的芳蹤。然

而，這類的藝術品並不在本書介紹導覽的範疇之內。本書將以一九八二年紐約市議會通過「百分比藝術法」（Percent for Art Law）之後所設立的「公共藝術」作品，作為對象。透過「誰是紐約市公共藝術的推手」，向讀者介紹紐約市「體制內」與「體制外」最主要的「公共藝術」專職單位，以及其發展的歷程與案例。所謂「體制內」，指的是依據「百分比藝術法」的規定與經費來源，專職執行公共藝術設置計畫的官方或半官方機制；「體制外」則是指由民間發起、出資、募款與執行，並以推動民間版公共藝術設置為使命的非營利性藝術基金會。

　　紐約市精采的公共藝術設置案例，多如天上的繁星，無法全部或完整囊括在一本紐約公共藝術作品的導覽書中。因此，「紐約市公共藝術精華之旅」單元中，以設置在紐約居民與外來觀光客都必定會造訪的主要活動據

克里斯多（Christo）、珍‧克勞蒂（Jeane Claude）於2005年在紐約中央公園的裝置作品〈門道〉，一共豎立了7500座不鏽鋼的門廊與一百多萬平方英呎的橙色布幔，全長23英哩，彷彿是一條漂亮的金色長龍，吸引了舉世的目光。（左、右頁圖）

於洛克菲勒中心廣場上傑夫・孔恩（Jeff Koons）的作品〈小花狗〉，使紐約市充滿了溫馨歡愉的氣氛。（左、右頁圖）

點、觀光目的地、文化休閒等設施，以及其周邊的公共藝術作品作爲本書優先選取的導覽對象。這些公共藝術作品的設置地點，有的已成爲暫時性公共藝術設置的常態定點，或是已有許多永久性設置作品形成聚落狀態者，例如：中央公園、洛克菲勒中心、炮台公園及其周邊區域、皇后區法拉盛的可樂那公園等。

另外，紐約聯外鐵路與市內地下鐵網絡中，主要動線上的轉乘車站，例如：紐約市往返康乃狄克州及紐約州鐵路列車的總站——中央車站、紐約市往返華盛頓與波士頓地區列車的終點站——賓州車站、十四街、三

十四街、四十二街、五十九街地鐵站等，通常即是在地人，以及遊客往返目的地，幾乎必定會經過的空間，也是捷運公共藝術作品群聚的所在。

盼望這本書能夠成爲喜歡紐約或喜歡藝術的讀者，所選擇的一本紐約旅遊資訊書，或是一本紐約公共藝術的導覽書。

藉由本書的介紹，不論你是在紐約旅遊、訪友、購物、看表演、觀賞球賽，或是在紐約市區行走、搭乘地下鐵，都可以輕易發現身邊諸多藝術作品的蹤跡，同時感受到公共藝術推動與執行者的努力，並欣賞與享受藝術家們與城市空間對話的巧思。

以法國巴黎歌劇院
風格建築與華麗精
緻裝飾藝術聞名的
紐約市中央車站空
間。（左、右頁圖）

古典精緻的紐約市
中央車站售票大
廳，搭配著日本知
名當代藝術家村上
隆（Takashe
Murakami）的〈眨〉
作品，大型卡通圖
案的漂浮氣球，卡
通的詼諧與童真，
為莊嚴的中央車站
加添幾許新思維。
（左、右頁圖）

在車站及月台上表演的藝人，唱歌跳舞、樂器演奏等類別多樣，頗受乘客的歡迎。（左頁二圖）

為紀念911事件，於世貿大廈原址打出的光束作品〈光的默哀〉。（左圖）

賈姬・佛瑞拉（Jackie Ferrara）於皇后區法拉盛可樂那公園內的
地磚及涼亭設計作品〈法拉盛灣大道〉。（上圖）

阿爾歇爾・高爾基的〈摩登飛行〉。（右圖）

第二章

紐約是雕砌的都市

……，無數的公共空間與商業大樓充滿著與步行者對話的公共藝術。

在市，著名的棋盤式街道格局，將曼哈頓格畫出整齊的都市街道景觀，地鐵、街道、公園

紐約步行，有其必要。因為交通混亂，而發達的公共交通體系，紓解了這個擁擠的城

作者　洛克希・潘恩　Roxy Paine
名稱　偽裝 (Bluff)（左、右頁圖）
年代　2002
材質　不鏽鋼
地點　中央公園

第一節　著名的棋盤式街道格局

一八一一年紐約州政府批准紐約市街道規劃書，奠定了曼哈頓著名的棋盤式街道格局，街道由南到北以數字命名，最北可達一百四十街，並連接哈林區，街道數字繼續延伸至二百五十多街；由東到西則是有約克大道（York Avenue）、一到三大道、列辛頓大道（Lexington Avenue）、公園大道（Park Avenue）、麥迪遜大道（Madison Avenue）、五到十二大道，共計十五條大道，將曼哈頓格畫出整齊的都市街道景觀。

不過，這其中卻長出一條完全不依照平行與垂直棋盤規則，由北而南、以斜角線行進

方式，貫穿曼哈頓的「天下第一街」——百老匯街（Broadway），在百老匯街與某些大道及數字編號街道的三方交集點，創造出幾個集合交通動線、商業與生活機能的廣場空間，如百老匯街與第七大道、四十二街交會處的「時代廣場」（Time Square）；與第六大道、三十四街交會處的「赫若德廣場」（Herald Square）；與第五大道、十四街交會處的「聯合廣場」（Union Square）等。

第二節　慣用的城市地圖概念

紐約人口中所稱的「中城」（Midtown），

作者	大衛‧阿特吉德 David Altmejd
名稱	無題（Untitled）
年代	2004
材質	混合媒材
地點	中央公園

指的是十五和五十九街、第三和第八大道之間的地區。聞名全球的時尚百貨商店、企業總部及辦公大樓、各類知名旅館及餐廳；連結全美與紐約大都會地區之間的鐵路客運車站，包括中央車站、賓州車站與時代廣場地鐵站等；以及曾是世界上最高建築物的帝國大廈與克萊斯勒大廈等地標建築物；再加上美術館、百老匯劇院、時代廣場等舉世聞名的旅遊據點，全都匯集在此，因此，中城也被稱爲「曼哈頓的心臟」。

佔地三〇四公頃的紐約中央公園，座落於曼哈頓的正中央，絕對且霸氣地將曼哈頓的中城以北區域，切斷成「東城」與「西城」的城市格局。這個人造公園興建工程始於一八五〇年，南自五十九街向北延伸至一百一十街；東自第五大道向西橫跨至第八大道之間，共移植與保存了二十五萬株各類樹木。這項大膽且具有前瞻性的都市公園設計，不但是紐約市在都市規劃上獨步全球的驕傲，中央公園北邊與非洲裔美國人及中美洲移民群居的哈林區相連，公園兩旁則是高級名人住宅聚集的超級社區。因此，中央公園也是紐約富人與窮人共享的綠色天堂。

正因爲如此，紐約人以中央公園作爲中心，將五十九街以北的地區稱作「上城」（Uptown）。其中，位於中央公園以東、五十九街和九十六街之間的地區，叫作「上東城」（Upper East Side）；而中央公園以西、五十九街和一百一十街之間的地區，就叫作「上西城」（Upper West Side）；然後，把十四街以南的地區稱爲「下城」（Downtown）；紐約市或長島（Long Island）以外的紐約州地區，就統稱是「上州」（Upstate）。

作者　基史・愛得彌爾　Keith Edmier
名稱　Emill Dobbelstein and Henry J. Drope
年代　2002
材質　青銅、花崗岩
地點　六十街與第五大道交接口的費李得曼廣場

作者　南茜・魯賓絲　Nancy Rubins
名稱　歡樂大穴點（Big Pleasure Point）
年代　2006
材質　木船、鋼架、鋼纜
地點　林肯表演藝術中心廣場

第三章
誰是紐約市公共藝術
的推手？

紐約的公共藝術，賦予著反映多元性社會特質，提升各類型都市建築與空間的責任；除了扮演社區自我表達、形象塑造的管道與地標的角色，也為紐約人與來自全世界的訪客，提供了在傳統美術館、畫廊等藝術展示空間之外，另一種頗具份量的藝術欣賞場域。

紐約市的公共藝術在體制內的推動與執行，主要由市政府所屬的三大單位負責，包括紐約市政府文化局的「百分比公共藝術計畫室」、紐約市大都會交通捷運署的「捷運公共藝術辦公室」、紐約市教育委員會的「公立學校公共藝術計畫室」。體制外的公共藝術，則主要由民間的非營利性機構「公共藝術基金會」與「創意時代」主導。

第一節 紐約市政府文化局「百分比公共藝術計畫室」

百分比藝術法的實踐

說起藝術品與公共建築物的結合，早在一九六五年紐約市長華特・溫格時代（Walter Wanger），曾以行政命令的方式，批准市府各單位從公共建築工程預算中，撥出一部分經費作為該建築工程所需搭配藝術品的經費來源，這是紐約市官方主導將藝術品與建築物結合的公共藝術政策先驅。

但是，這項市長命令並未持續被執行，也沒有在當時形成標準的設置或行政程序。一九七二年紐約市成立文化局，直到一九八二年紐約市議會通過「百分比藝術法」（Percent for Art Law），紐約市政府文化局

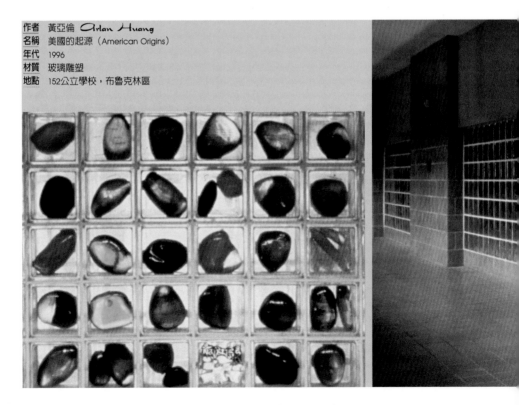

作者 黃亞倫 *Arlan Huang*
名稱 美國的起源（American Origins）
年代 1996
材質 玻璃雕塑
地點 152公立學校，布魯克林區

才正式於一九八三年九月十五日推出「百分比藝術計畫」(Percent for Art Program)，委託民間的非營利性機構「公共藝術基金會」(Public Art Fund) 負責公共藝術設置流程的設計，包括：合格計畫案的確認流程、藝術家遴選流程、計畫案設置作業工作流程與公共藝術設置計畫案的執行。

直到一九八六年，整個公共藝術法令的執行作業漸趨成熟之後，才由文化局聘任專案經理組成「百分比公共藝術計畫室」(Percent for Art)，負責統籌與執行紐約市各項公共工程計畫案中，百分之一藝術基金的運用與執行。百分比公共藝術計畫室負責成

立及管理作品幻燈片及檔案登記資料庫 (Artist Registry)，這個資料庫由有意參加公共藝術設置計畫案的藝術家或所屬畫廊主動提供相關資料。目前，該資料庫已典藏有四千位以上藝術家的幻燈片及檔案，並且主動由工作人員定期邀請藝術家更新檔案內容。華裔藝術家李秉、費明杰、蔡國強等人均由於參加此項資料庫，被評審委員推選參加不同計畫案的藝術家遴選流程，獲得執行計畫案的機會。

依據紐約「百分比藝術法」的規定，各項經費預算在二千萬美金以內的公共工程計畫案，必須提撥不低於百分之一的費用供作

作者 費明杰 Ming Fay
名稱 苞之門（Bud Gate）
年代 1995
材質 不鏽鋼
地點 7公立學校，皇后區

作者 費明傑 Ming Fay
名稱 葉之門（Leaf Gate）
年代 1995
材質 油漆、鋼
地點 7公立學校，皇后區

「藉由任何類型媒體與材質所創作」的公共藝術品的設置。這類計畫的執行方式可以包括委託設計與製作、購置、既有市屬藝術品的修復或遷移，並規定同一個設置地點的公共藝術經費上限爲四十萬美元（約一千三百六十萬台幣）；而且，凡是新建工程、既有建築物之維修或翻新，均屬此經費預算提撥範圍之內。故而，紐約市各行政區內的公立圖書館、各級市立學校、市立醫院、市屬公園／廣場、法院、交通碼頭、警察局、消防站、拘留所、監獄、市立兒童／青少年／老人中心、社區文化中心、市政府行政服務中心、市立游泳池、市立動物園、市立科學館，甚至下水道系統的人孔蓋等各類型地點，處處都可見到由紐約市文化局「百分比公共藝術計畫室」所執行與設置的公共藝術品。

作者　費明杰　Ming Fay
名稱　榆樹的種子（Seed of Elm）
年代　1995
材質　青銅
地點　7公立學校，皇后區

作者　道格拉斯‧荷里斯 *Douglas Hollis*
名稱　氣候亭（Weather Pavilion）
年代　1994
材質　不鏽鋼、石材、溼度計、溫度計、風力計、雨量計、風鈴、羅盤、風箏
地點　217公立學校，曼哈頓區（施工中圖片）

公共藝術與藝術教育結合

紐約市的公共藝術有一個美國其他城市都沒有的特殊情況，就是由「百分比藝術法」與隸屬於「紐約市教育委員會」（Board of Education，相當於台灣各縣市教育局）的「紐約市公立學校公共藝術計畫室」（Public Art for Public School），共同執行所有市立學校內公共藝術設置計畫案的藝術家遴選流程。這種公共藝術設置的執行觀念與設計，其目的是爲了能夠更有效並專業地將百分比公共藝術經費，投資運用在紐約市各級公立學校的硬體環境及軟體藝術教育之中。

這樣的組合能夠落實學生參與製作，將公共藝術與藝術教育課程結合。由於校園環境屬性的特別需求，作品形式與材質的安全性與持久性、作品內涵與題材的適當性、設置計畫的教育性與功能性等，都是這類型公共藝術設置計畫案的評審委員，在遴選設計方案時，最看重的評量項目。

紐約市政府文化局百分比公共藝術計畫室自成立至今已經二十餘年，共計完成了近二百件公共藝術計畫案，仍正在進行中的設置案有五十餘件，累計投入的總經費已達二千六百萬美元（約九億台幣）。接受委託執行公共藝術計畫的藝術家，來自各種不同族群與專業背景；專爲各個公共藝術設置點因地制宜作藝術品（site-specific），材質有馬賽克磁磚、玻璃、紡織布料、鋼鐵等，形式有繪畫、雕塑、壁畫、攝影、燈光等，多元且多

樣，例如：景觀設計、公共空間家具、圍牆、建物照明設計等具功能性作品，已發展出結合公共建設及建築物的觀念與模式。使得紐約之公共藝術賦予反映多元性社會特質、提升各類型都市建築與空間的責任；除扮演社區自我表達、形象塑造的管道與地標的角色，也爲紐約人與來自全世界的訪客，提供了在傳統美術館、畫廊等藝術展示空間之外，另一種頗具份量的藝術欣賞場域。

第二節　紐約大眾捷運局公共藝術計畫室

紐約由於集世界一流的美術館、音樂廳及百老匯劇場等於一身，成爲舉世公認的視覺與表演藝術的中心。然而，什麼樣的美術館二十四小時開放，一天容納五百二十萬人次進出？什麼樣的音樂廳及劇場不收門票、不清場，觀眾可以來去自如？答案就是在紐約的地下鐵車站。紐約的地下鐵車站，在紐約時報、紐約郵報、國家地理雜誌等主要媒體的發掘與報導下，已逐漸擺脫了廿世紀七○年代時期所給人的「骯髒」、「污臭」、「流民避難所」、「賊窩」等負面評價，取而代之的是「地底下的平民藝術殿堂」的形象。

陶磁藝術的地下寶窟

然而，藝術與紐約市地下鐵系統的結合卻

五十街地鐵站 **19** 的早期手工彩陶藝術品（上圖）

華爾街地鐵站 **4 5** 的早期手工彩陶藝術品（左中圖）

Bleecker 街地鐵站 **6** 的早期手工彩陶藝術品（右中圖）

哥倫布圓環地鐵站 **D 19 A B C** 的早期手工彩陶藝術品（左下圖）

一百一十六街地鐵站 **1 9** 的早期手工彩陶藝術品（右下圖）

不是最近才發生的事。早在西元一九○○年，總工程師威廉・巴克萊・帕爾森（William Barclay Parson）在規劃紐約第一條地下鐵時，就堅持運用石雕藝術、陶磁浮雕及磁磚拼貼等，搭配各個車站的人文、地理背景，作為車站內部壁面裝飾及標誌系統。於是，地下鐵車站的壁面、天花板鋪滿了各色的馬賽克、磁磚、浮雕、手工彩陶等裝飾藝術品。站內的轉角、柱頭及站名的標示板等，由設計師結合陶磁藝術家，為每一個車站創作了精緻的辨識圖案，因此美國美術史學者稱紐約市地下鐵為「陶磁藝術的地下寶窟」。

怎奈，美景不常，自三○年代美國經濟大蕭條時期一直到七○年代，由於地下鐵營運當局凍結了所有車站的維護費用，導致車站內的藝術品在時間及人為的因素下逐漸損毀或廢棄。目前只有聯合廣場地鐵站、哥倫布廣場地鐵站、華爾街地鐵站、布利克街地鐵站、哥倫比亞大學地鐵站等少數的車站內，仍保有當年手工彩陶等藝術品的局部景緻。

公共藝術計畫室的成立

八○年代初期，負責紐約地下鐵營運的大都會交通捷運局（MTA）似乎從五十年的睡夢中醒來，力圖振作。首先，交通捷運局從年度經費中撥出大筆費用作為系統重建計畫之用。單是用在清除長期霸佔地鐵車站的遊民、罪犯及泛濫成災的塗鴉，就花了四年時間，每年花費一千五百萬美元，從此開啟交通捷運局重塑全世界最複雜的地下鐵網絡的長期計畫。【註1】

由於紐約市政府於一九八二年頒佈了「百分比藝術條款」（Percent for Art Legislation），其中規定：凡市屬單位之建設工程，均需提撥百分之一的經費作為設置藝術品之用。於是，交通捷運局從同年開始將公共藝術納入重建計畫的工作程序，進而在一九八五年成立了公共藝術計畫室（Arts for Transit）。由於交通捷運局是掌管地下鐵、巴士、鐵路、橋樑及隧道等內、外交通運輸業務與建設的機構，旗下所屬的公共藝術計畫室，便是專門負責將視覺及表演藝術進駐該局擁有之各種交通建築物內的公共藝術設置專職執行單位。一般而言，公共藝術計畫室各專案經理的工作職責與流程是：（1）執行藝術家遴選流程；（2）協調獲選藝術家在設計過程中與社區及工程單位之間的溝通；（3）監督並參與作品從發包製作到安裝等各項作業的執行；（4）掌管各期經費的發放、作品製作與施工品質的控管。

公共藝術計畫室執行的每一件公共藝術設置過程中，除了「作品創作」這項工作是由

紐約地下鐵系統網絡圖（局部）

圖中標示 ◎ 點的位置，即是本書介紹公共藝術的主要地點。

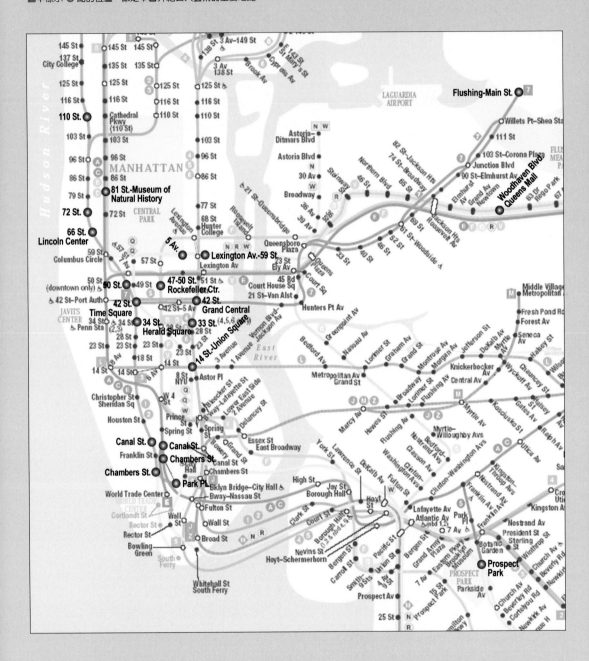

作者　羅伯特‧席克曼　Robert Hickman
名稱　加蕾絲的天棚（Laced Canopy）
年代　2002
材質　玻璃拼貼天窗
地點　七十二街地鐵站 ❶❷❸❾

作者　詹姆士‧葛維　James Garvey
名稱　套索圈座椅（Lariat Seat Loops）
年代　1996～1997
材質　手工鑄銅
地點　三十三街地鐵站 ⑥

被遴選的藝術家獨力完成外，專案經理的角色是從頭跟到尾的「全職」、「專業」公共藝術行政執行者。將近二十年來，公共藝術計畫室已完成了一百五十二件永久公共藝術的設置計畫，其中包括賓州車站的巨型浮雕

「靈魂」系列、當紅女性藝術家伊莉莎白‧墨蕊爲哥倫布圓環站設計的馬賽克壁面作品〈怒放〉、放置在時代廣場地鐵車站的已故美國普普大師洛依‧李奇登斯坦大型塘瓷壁畫作品〈時代廣場〉等 **(圖見84頁)**。除此之外，陸續在進行中的計畫案多達三十五件，截至二○○五年初，還有三十一個車站的公共藝術設置案還在等待納入作業階段。

　　值得一提的是，公共藝術計畫室在規劃及挑選公共藝術案件時，除了遵循一百年前「搭配社區人文地理背景」的設計原則外，在作品的材質及形式上，從傳統的陶磁、浮雕

基調上走向了多樣化、功能化的嚐試。

　　但是，並不是每個地下鐵公共藝術設置案都有理想的空間可供藝術家發揮。有時候藝術家必須與已有一百年歷史的結構體共謀出路。例如：三十三街地鐵站，藝術家詹姆士·葛維巧妙地運用流線形的銅柱與站內的鋼體支柱大跳探戈，形成一座座現代感十足的金屬雕塑，不但美化了單調枯燥的樑柱結構體，也提供乘客一個小憩片刻的依靠處。另外一個包裝樑柱成功的設置案在皇后區購物中心站。在這個原本布滿十六根鋼柱的單調空間，藝術家帕布羅·陶勒利用不鏽鋼、彩色鑲嵌玻璃及隱藏式照明，將大部分鋼柱

包裝起來，頓時將乏味的車站改造成色彩繽紛的另類空間。

　　當然，平面繪畫作品在公共藝術計畫室的規劃中亦佔有一席之地，例如：中央車站旅客候車室的三面牆上，掛著藝術家羅勃特·尤亞瑞茲的巨幅連屏複合媒材繪畫〈原野裡的野花〉**(圖見68頁)**，這件作品為在候車室中等待出城回到上城及郊區的旅客，提供了一個心靈轉換的玄關。

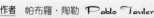

作者　帕布羅·陶勒　*Pablo Tauler*
名稱　懷念先賢（In Memory of the Lost Battalion）
年代　1996
材質　不鏽鋼、彩色鑲嵌玻璃、隱藏式照明
地點　伍德赫分大道地鐵站 Ｇ Ｒ Ｖ

賓州車站購票大廳
的六個大型燈箱專
案的作品（上圖）

中央車站地下餐飲
服務區的大型燈箱
專案作品（下圖）

短期公共藝術設置計畫的開發

　　除了永久性公共藝術計畫外，公共藝術計畫室還設計了一系列的短期公共藝術計畫。其目的是讓攝影藝術家、平面設計藝術家或尚未成名、較無大型公共藝術執行經驗的藝術家，都能在紐約地下鐵車站內一試身手。「燈箱專案」及「街坊海報設計專案」是其中較負盛名的例子。

　　「燈箱專案」是專為攝影藝術家開闢的展示舞台，獲選的攝影作品可利用設置在賓州車站購票大廳的六個大型燈箱展出六個月。曾經獲選展出的名家包括以專門拍攝擬人化小狗模特兒著名的威廉‧魏革曼等。自二○○

三年起，公共藝術計畫室更陸續在中央車站地下餐飲服務區、四十二街／第六大道地鐵站（B、D、F線）、亞特蘭大大道地鐵站（Atlantic Avenue Station，B、Q、2、3、4、5線）等地，設立「燈箱專案」展示區，不定期推出主題式的攝影藝術家作品。

　　「街坊海報設計專案」則是公共藝術計畫室取經自頗負好評的倫敦地鐵藝術海報的構想。由公共藝術計畫室每年遴選四名藝術家，將不同社區的生活特色轉化成平面作品，再設計成海報在地鐵車站內指定張貼區域展出。

　　由以上的案例可以看出公共藝術計畫室在

作者　荷西‧歐德佳　*Jose Ortega*
名稱　夢幻紐約（New York Dreams）
年代　2000
材質　油畫作品設計後印製成海報（右圖）

作者　瑪莉歐‧梅斯勒　*Meryl Meisler*
名稱　地下鐵大鎔爐（Sub-Merged）
年代　2001
材質　數位元影像拼貼作品設計後印製成海報（左圖）

車站內走道牆面上張貼的藝術作品海報

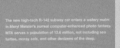

經過「紐約地下音樂」專案遴選於地鐵車站表演的街頭藝人。他們的表演,為等車的乘客提供趣味與心情轉換的調劑。(左、右頁圖)

執行公共藝術設置案時所秉持的專業眼光及用心。誠如現任公共藝術計畫室主任珊卓拉‧布拉德伍斯（Sandra Bloodworth）所說：「在未來的十年內，紐約的地下鐵將不單是大家的交通工具，它也會是人們觀賞偉大藝術品的重要據點」。

除了視覺藝術，公共藝術計畫室在表演藝術的推動上規劃了「紐約地下音樂」專案（Music Under New York，簡稱MUNY）。這個專案雖不發給演出者任何酬勞，但提供二十八個熱門車站的指定地點，給通過甄試的街頭表演藝人輪班合法演出，並可公開銷售雷射唱片、錄音帶等副產品，並接受往來群眾給的賞錢。舉凡爵士、古典、鄉村、藍調、雷鬼、打擊及各色民族音樂的表演，都是地下鐵裡每天的曲目。

除此之外，默劇、舞蹈、魔術、武術等表演也頗受歡迎。在紐約的地下鐵車站裡，還有不計其數的表演藝人，他們不屬於「紐約地下音樂」的旗下，有人在月台上，有人在車內隨走隨演，為擁擠、冷陌無聊的地下鐵旅程，添增了些許偶遇的娛樂與休閒。

第三節　公共藝術基金會

紐約公共藝術發展史中的標竿

在中央公園最東南角端，介於六十街與聞名的第五大道的交接口，費得曼廣場（Doris C. Freedman Plaza）是中央公園的入口。該廣場係以「公共藝術基金會」的創始人陶莉絲‧費得曼（Doris C. Freedman）命名，也是該基金會在洛克菲勒中心廣場、麥迪遜廣場公園等公共空間之外，經常展示暫時性公共藝術作品的地點之一。

「費得曼獎」（Doris C. Freedman Award）是一項專為對紐約公共藝術領域的推展貢獻卓著、為美化生活周遭環境、提升都市公共空間品質的個人或機構所設立的公共藝術獎項。在紐約的文化界——特別是公共藝術圈，如果不知道陶莉絲‧費得曼的名字，就代表距離公共藝術專業還有一大段距離；費得曼與「公共藝術基金會」的名號是紐約公共藝術發展史中頗具標竿意義的圖騰之一。

費得曼女士於一九七一年應邀擔任「城市牆」（City Walls）的會長，是一個以藝術美化環境為職志的民間非營利性機構，她在同年創立公共藝術協會，以雙管齊下的角色與方式，擴展藝術家與社會大眾共同參與城市公共環境。一九七二年，費得曼女士出任紐約市政府第一任文化局局長，兼任紐約市藝術協會會長，大力提倡公共藝術與都市公共環境的互動；一九七七年進一步將「城市牆」與公共藝術協會兩個機構合併為公共藝術基金會，成為紐約市民間公共藝術機構的先驅。費得曼女士能夠贏得紐約文化界人士高度尊敬的主因，乃是因為紐約市政府百分比公共藝術的相關法令、政策與操

作者 ── 納溫·諾汪查克
       Navin Rawanchaikul
名稱 ── 我愛計程車（I Love Taxi）
年代 ── 2001
材質 ── 混合媒材
地點 ── 麥迪遜廣場公園

作者 ── 特瑞西塔·費南德茲
       Teresita Fernandez
名稱 ── 綠竹劇場（Bamboo Cinema）
年代 ── 2001
材質 ── 壓克力管
地點 ── 麥迪遜廣場公園

作者 東尼・奧斯勒 *Tony Oursler*
名稱 有影響力的機器
　　（The Influence Machine）
年代 2000
材質 混合媒材
地點 麥迪遜廣場公園（本頁二圖）

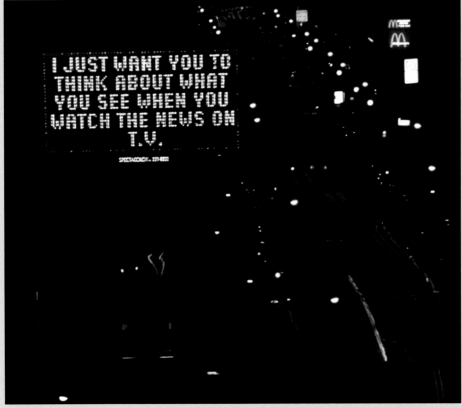

公共藝術基金會提
倡讓公共藝術與公
共空間之間，存在
著鮮活、可持續探
討的多元公共性議
題。（本頁二圖）

作模式，包括：一九八二年紐約市議會通過「百分比藝術法」、一九八三紐約市政府文化局正式推出「百分比藝術計畫」等，都是經由她十餘年持續不懈地推動及參與所得到的成果。

紐約市政府版的「公共藝術設置流程」，是由費得曼女士帶領的公共藝術基金會完成。一九八三年至八六年期間公共藝術基金會擔任紐約市政府「公共藝術」設置計畫案的執行團隊，直到一九八六年，才由文化局聘任專案經理組成「百分比公共藝術計畫室」，將委外執行的公共藝術業務回歸文化局。

省思與觀照

公共藝術基金會從參與公共藝術設置流程規則的制定與實際案例的設置經驗中，省思到由政府機構主導的永久性公共藝術品設置計畫，往往為了遷就「公共」議題的舒解，難免走上需與各方意見妥協之途，使得「藝術」的自由度與「創意」的發揮度受到某些限制；另外，就一般民眾對藝術的認知與喜好來說，它既主觀又因人而異，況且今日的藝術品味，未必一定能獲得未來觀眾的認同，使得「永久性」造成公共藝術價值與邏輯上的矛盾情結。

於是，公共藝術基金會便以「民間資金＋暫時性公共空間＋當代藝術＋非營利性基金會運作模式」的組合方式，轉而發展推動「暫時性公共藝術」。持續在紐約市的美術館、畫廊以外的公共空間中，例如：麥迪遜廣場公園、大樓電子看板、屋頂水塔等，呈現藝術家對社區空間與都會生活環境的巧思與設計創意。現任執行長湯姆‧艾可斯（Tom Eccles），解釋該基金會對「暫時性公共藝術」所依持的理念時強調，每一件暫時性公共藝術作品的設置，所需要花費的時間、經費、考量的層面、執行的複雜度等工作本質，與執行一件永久性公共藝術品設置計畫差別不大。

唯有，「暫時性公共藝術」讓同一個公共空間中所設置的公共藝術品，是有限時間內存在的、是會定期更換的；民眾不會永遠只面對同一件作品；不同創作類型的當代藝術家都能對同一個場域，表現各自的詮釋方式或表達各自關照的層面。湯姆‧艾可斯認真地說：「或許，既可降低替未來社會製造視覺垃圾的機率，又可在作品的更換之間，讓擁有不同喜好與不同藝術品味的觀眾，都有各自愛上或唾棄某些作品的機會。」換句話說，這種理念透過暫時性公共藝術的操作模式，不僅間接地表達實踐民主社會中，人與人之間彼此相互尊重的理想與精神，也讓公共藝術與公共空間之間，存在著鮮活、可持續探討的多元公共性議題。

第四節　創意時代

藝術就在身邊

「藝術家與當代藝術創作應當成為都會生活經驗的構成要素」，是非營利性藝術組織「創意時

藝術家書友卡

感謝您購買本書,這一小張回函卡將建立
您與本社間的橋樑。我們將參考您的意見
,出版更多好書,及提供您最新書訊和優
惠價格的依據,謝謝您填寫此卡並寄回。

1.您買的書名是: _____

2.您從何處得知本書:

☐藝術家雜誌 ☐報章媒體 ☐廣告書訊 ☐逛書店 ☐親友介紹

☐網站介紹 ☐讀書會 ☐其他

3.購買理由:

☐作者知名度 ☐書名吸引 ☐實用需要 ☐親朋推薦 ☐封面吸引

☐其他

4.購買地點: _____ 市(縣) _____ 書店

☐劃撥 ☐書展 ☐網站線上

5.對本書意見:(請填代號1.滿意 2.尚可 3.再改進,請提供建議)

☐內容 ☐封面 ☐編排 ☐價格 ☐紙張

☐其他建議

6.您希望本社未來出版?(可複選)

☐世界名畫家 ☐中國名畫家 ☐著名畫派畫論 ☐藝術欣賞

☐美術行政 ☐建築藝術 ☐公共藝術 ☐美術設計

☐繪畫技法 ☐宗教美術 ☐陶瓷藝術 ☐文物收藏

☐兒童美育 ☐民間藝術 ☐文化資產 ☐藝術評論

☐文化旅遊

您推薦 _____ 作者 或 _____ 類書籍

7.您對本社叢書 ☐經常買 ☐初次買 ☐偶而買

藝術家雜誌社　收

100　台北市重慶南路一段147號6樓

6F, No.147, Sec.1, Chung-Ching S. Rd., Taipei, Taiwan, R.O.C.

Artist

姓　　名：＿＿＿＿＿＿＿　性別：男□ 女□ 年齡：＿＿＿＿

現在地址：＿＿＿＿＿＿＿＿＿＿＿＿＿＿＿＿＿＿＿＿＿＿＿

永久地址：＿＿＿＿＿＿＿＿＿＿＿＿＿＿＿＿＿＿＿＿＿＿＿

電　　話：日／＿＿＿＿＿＿＿　手機／＿＿＿＿＿＿＿＿＿

E-Mail：＿＿＿＿＿＿＿＿＿＿＿＿＿＿＿＿＿＿＿＿＿＿＿

在　　學：□ 學歷：＿＿＿＿＿＿＿　職業：＿＿＿＿＿＿＿

您是藝術家雜誌：□今訂戶　□曾經訂戶　□零購者　□非讀者

客戶服務專線：**(02)23886715**　E-Mail：***art.books@msa.hinet.net***

作者　瑞秋・惠特理
　　　Rachel Whiteread
名稱　水塔（Water Tower）
年代　1998
材質　合成樹脂（resin）
地點　西百老匯街與葛蘭街口
　　　民房頂樓
　　　（West Broadway and
　　　Grand Street）

作者　托比亞斯・雷柏格 *Tobias Rehberger*
名稱　日式禪園（Tsutsumu N.Y.）
年代　2001
材質　混合媒材
地點　麥迪遜廣場公園

爾文‧瑞鐸（Erwin Redl）的LED作品矩陣（Matrix）創造出一個產生視覺幻象的空間（2001年「橋墩裡的藝術」參展作品，上二圖）

代」（Creative Time）一貫秉持的信念。換句話說，藝術可以用各種不同的形式、媒材與介面存在於日常生活環境之中，「創意時代」深信藝術可以「就在身邊」。

「創意時代」成立於一九七三年，由於美國經濟大蕭條以來所造成的都市環境品質快速惡化，紐約市民逐漸對任何能夠改善及美化生活周遭環境的事物與活動產生興趣，並實際參與各項美化環境的實踐歷程之中。那時，藝術家們正開始實驗著各種新的創作形式與媒材，不但使得藝術品從美術館及畫廊走到了戶外，更從純藝術的創作動機，走進社會性議題與觀照的領域。一九六五年聯邦政府為了促進藝術在社會發展過程中的貢獻與意義，成立了「國家文藝基金會」（National Endowment for the Arts，簡稱 NEA），開始致力宣揚及鼓勵優秀藝術家的創作與其社會角色，並向廣大未受藝術洗禮或啟蒙的民眾引介各類型的當代藝術。

藝術家Vik Muinz的天空噴射煙霧作品，讓曼哈頓的天空成為一張超大畫布，從「赫若德廣場」（Herald Square）角度看天空中的噴射煙霧作品。（右頁圖）

「創意時代」便是從這樣的歷史背景與時代的動力中，將其本身的自我價值與定位，建立在促進藝術創作的實驗性、豐富公共空間與日常生活經驗、將藝術家定義為民主社會中理想性的主要貢獻者等理念中，進而投身於推動所有類型的藝術創作者參與具有突破、冒險與實驗性的公共藝術創作，並探索藝術與藝術家在社會及文化景觀中所能夠扮演的角色。

推動藝術創作進駐閒置公共空間

「創意時代」成立初期所推出的活動，主要是在鼓舞年輕與尚未成名的藝術家，以藝術創作進駐被廢棄的街道店面與閒置的歷史地標型建築，例如：曼哈頓最南端的舊美國海關大廈等。一方面藉由藝術作品的出現，消除破落廢棄的社區環境景象，同時讓尚未能進入畫廊及美術館體系或苦無表現機會的藝術家們，能有試試身手的機會。一九七八至一九八五年間，

理歐・維拉瑞爾
（Leo Villareal）利用
光線及電腦合成技
術在橋墩空間中塑
造出虛擬的立體圖
像（2001年「橋墩
裡的藝術」參展作
品）

更以在砲台公園填土的新生地 （Battery Park City Landfill）結合視覺藝術家、建築師、表演藝術家共同創作「海灘上的藝術」系列活動，打響了「創意時代」策劃執行另類公共藝術的名號。

很快地，「創意時代」的活動不但逐漸遍及紐約市的各種空間與生活角落，包括：曼哈頓的天空、電子看板廣告牌、地標大廈建築、公共汽車、速食店紙杯、銀行自動提款機、網際網路等等，持續不斷地顛覆與擴展藝術和公共

作者 蔡國強 *Cai Guo-Qiang*
名稱 光輪（Light Cycle）
年代 2003
材質 電腦晶片控制煙火
地點 中央公園（本頁二圖）

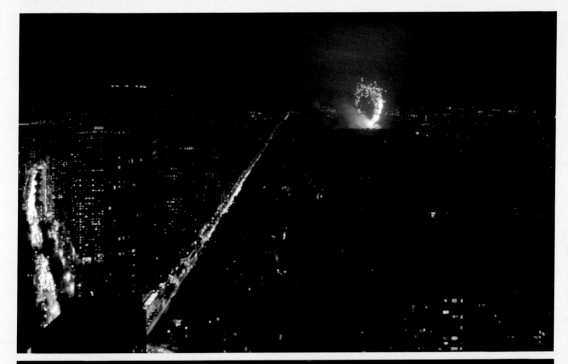

作者　建築師約翰·班尼特　John Bennett
　　　古斯塔佛·邦尼瓦第　Gustavo Bonevardi
　　　李察納許·高爾德　Richard Nash Gould
　　　藝術家朱利安·拉佛迪爾　Julian Laverdiere
　　　保羅·彌歐達　Paul Myoda
　　　燈光設計師保羅·瑪蘭茲　Paul Marantz
名稱　光的默哀（Tribute in Light）
年代　2002
材質　雷射光束
地點　世貿遺址及曼哈頓天空線（左、右頁圖）

空間的範疇與定義。特別是在鼓勵藝術家對於
即時性社會議題的藝術手段表達，譬如：愛滋
病、傳染性疾病、家庭暴力、種族不平等，更
是不遺餘力。

　　自一九八三年起「創意時代」利用布魯克林
大橋曼哈頓端的橋墩基座（Anchorage），高達
五十英呎、極富可能性及挑戰性的大型石穴宏
偉空間，針對藝術、音樂、戲劇、時尚等領
域，由正展露創意才華的藝術家以前衛的創作
形式，舉辦一年一度的「橋墩裡的藝術」（Art
in the Anchorage）活動，建立了具有開創
性、未來性的實驗型短期公共藝術展覽形式。
這項活動每年都吸引成千上萬的藝術人口前往
參觀，直到二○○一年，因九一一事件，使得
布魯克林大橋成為恐怖份子可能攻擊標的，因
而橋墩基座不再對外開放，「橋墩裡的藝術」
活動因此被迫暫停。

藝術大師事業新巔峰的另類推手

　　然而，從用小型飛行器，在曼哈頓的天際噴
射出圖案的天空書寫作品，公園、廣場與車站
裡的大型雕塑裝置，到為了紀念九一一事件，
在世貿大廈原址上打出兩道強力光束的〈光的
默哀〉計畫等等，「創意時代」不但已成為能
夠為年輕有潛力的藝術家，提供獨特、空前的
創作機會與表現舞台，實踐他們渴望創造的新
式作品計畫；也是已成名大師級藝術家再創造
藝術事業新巔峰的另類推手之一。例如：二○
○一年日本藝術家村上隆應邀在中央車站大

廳，設計大型漂浮式與地面碟型的卡通式眼睛圖案充氣雕塑，色彩亮麗且充滿日本大眾文化風味的當代卡通圖案與雕塑造形、傳統日本繪畫風格的視覺處理效果，讓原本古典、精緻、充滿西方成熟穩重建築藝術風格的中央車站，頓時成為讓東方與西方文化、古典與當代、過去與現在、精緻藝術與大眾文化之間的對立與界線模糊的緩衝地帶，也同時創造了其中的趣味性與可親性。（圖見14、15頁）

二〇〇三年旅美華裔藝術家蔡國強，應邀為中央公園一百五十周年慶，設計焰火及爆破裝置表演，包括象徵傳達來自遙遠訊息的五個焰火柱〈烽火台〉；三個由焰火和光形成的低空

水平光圈〈光輪〉（圖見51、15頁），以及一個直徑一千呎的超大高空垂直光圈 與長達一百二十秒的連續密集照明彈爆破〈白夜〉等。「創意時代」所策劃的這類重量級藝術家創作計畫與活動，所受到來自於紐約藝術界的參與及各類媒體的重視程度，完全不亞於主流美術館推出大型展覽時的待遇及規格。

其實，藉由對藝術家創意的支持與鼓勵，「創意時代」同時提供成千上萬紐約人，在生活中隨時隨地與當代藝術不期而遇的特殊經驗。

【註1】紐約地下鐵小檔案。週間平均單日載客數5,146,677人次。地下鐵總里程數：656miles。地下鐵車站總數：468座。工作人員：42,881人。地下鐵路線總數：25線。更多細節參閱：http://.www.mta.nyc.ny.us/mta/AfT

第四章

紐約市公共藝術精華之旅

紐約市的公共藝術就如同天上的繁星撒落在人間，於各地閃閃發亮著。

從甘迺迪國際機場開始，《飛翔》、《旅人紀行》、《簾幔牆》等作品讓回家的倦鳥、初次拜訪的旅

客感受到這個城市的魅力；每天有五百車次、五十萬人穿流的中央車站，是個不熄燈的公共藝術大舞

台，街頭藝人接力表演，來自各國的頂尖藝術家作品齊聚於此，讓人不由自主的放慢步伐，忘卻下個目

的地，還有廣場、公園、圖書館……，你很有可能會迷失了方向，但你會記得每一件作品。

在甘迺迪國際機場離境大廳中的是柯爾達（Alexander Calder）的紅色動態懸吊式雕塑〈飛翔〉（Flight）

紐約市由曼哈頓（Manhattan）、布魯克林（Brooklyn）、布朗士（Bronx）、皇后（Queens）與史坦登島（Staten Island）等五個行政區組成。謹以曼哈頓的上東城、上西城、中城、下城、皇后區、布魯克林區的地理方位，介紹該地點及其周邊步行可達的距離之內的公共藝術作品，方便讀者在閱讀或在旅行時使用本書之際，能夠透過掌握地理概念確切的發現作品設置地點。

第一節　甘迺迪國際機場

座落在皇后區東南方的紐約甘迺迪國際機場，共有八個航站，二○○一年五月才完成整建重新啓用的新第四航站，共計有三十五家航空公司的班機在此起降，估計每年有六百萬人次的進出量，最大入境通關流量爲每小時三千二百人次。從設計、興建到經營、管理，是由全球保險業大亨禮門兄弟保險公司（Lehman Brothers）旗下的史奇佛開發管理顧問公司（Schiphol U.S.A.），以B.O.T.方式向紐約州政府港務署（Port Authority）承包，該公司也經營荷蘭阿姆斯特丹機場。

友善的新艾利斯島

民營的新第四航站，不必依照百分比公共藝術法的規定設置公共藝術，但史奇佛公司還是從十四億美元的興建預算中，提撥了一百一十萬美元做爲公共藝術品的設置經費，並聘任創立紐約大都會捷運局公共藝術計畫室、目前從事公共藝術顧問的溫蒂·費爾女士（Wendy Feuer）負責執行。這項設置計畫共計五件作品，包括入境大樓中的三件量身訂製的超大型公共藝術作品，以及兩件自舊航站建築中保留下來的作品，在離境大廳

作者　哈利・羅斯門　*Harry Roseman*
名稱　簾幔牆（Curtain Wall）
年代　2001
材質　玻璃纖維石膏
地點　甘迺迪國際機場第四航站

藝術家哈利・羅斯
門

簾幔優雅靜謐，隨
著旅客的移動，出
現各種飄盪姿態，
直到簾幔變成了藍
天裡的白雲。
（左、右頁圖）

中的是亞歷山大・柯爾達的紅色動態懸吊式雕塑〈飛翔〉**（圖見55頁）**；另外一件則是在入境與出境大樓靠近地面聯外交通區域的牆面上，一組四幅的陶塑壁畫，這組作品是由藝術家阿爾歇爾・高爾基在一九三○年代為紐澤西州的紐瓦克國際機場所創作的〈摩登飛行〉，在此找到新家。**（圖見18頁）**

　　所有在第四航站入關的旅客，在離開機艙後，都必須走過一條長長的通道，以及一段斜坡走道，才能進到挑高樓層的中央大廳，在此排隊等待通過移民局的證照查驗，通關後才算正式入境美國。對大多數回家的旅客來說，走過這一段通道及身處於排隊辦理入關手續的空間時，不是身心疲乏、無聊不耐，就是只想飛奔回家；但對在此辦理移民入境的新移民，或是由紐約入境美國的旅客來說，此時此刻雖然已經踏上美國的領土，卻仍屬於身分未確定、尚未進入美國國境的

法定狀態，往往是既興奮緊張又不知身在何處的心境。因此，費爾女士與執行小組的委員們，在策劃之初便訂定要以件數少、規模大、視覺效果明顯的原則來遴選作品，目標是要讓抵達此站的旅客對紐約這個城市，產生第一個、能永久存留的好印象。

隨身行李幻想曲

　　抵達第四航站的旅客從機艙經過空橋，走向通關大廳的途中，首先要經過一段長達六百英呎或另一條一千二百英呎的通道。在這個長廊空間中，沿著大玻璃窗間隔斜吊的是一連串燈箱影像作品，伴隨著旅客的腳步走向長廊的盡頭。這是由擅長融合建築、視覺藝術、表演藝術元素於作品中的夫妻檔建築師兼藝術家伊麗莎白・迪勒與雷卡多・史高佛迪歐，所設計的觀念性藝術作品〈旅人紀行〉。**（圖見58、59頁）**

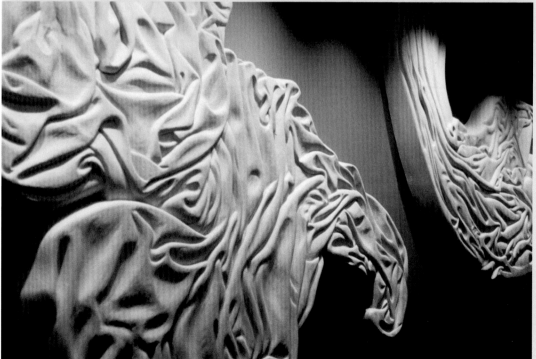

作者 伊麗莎白・迪勒 *Elizabeth Diller*、雷卡多・史高佛迪歐 *Ricardo Scofidio*
名稱 旅人紀行（Travelogue）
年代 2001
材質 燈箱
地點 甘迺迪國際機場第四航站（左、右頁圖）

精緻的不鏽鋼外框
顯露出紐約的「極
簡中帶酷」的氣質

手提箱與旅人畫面

放在行李箱中的旅
行紀念品是旅程的
見證

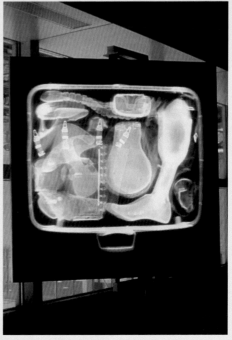

一個個提著手提箱
的旅人與行李箱內
部的X光影像（左圖）
行李箱內部的X光影
像（右圖）

燈箱中心的畫面是以手提行李箱爲主題的影像，內容包括一個個提著手提箱的旅人或行李箱內部的X光影像，就像是精心剪輯過的「旅行」與「家」的鏡頭。當旅客經過一幅幅燈箱螢幕時，雙凸膠片本身的二秒鐘視覺暫留錯覺，加上旅客不斷向前行走所形成的動態視覺經驗，讓觀者從被動的觀賞轉變成主動參與的角色，也自然地讓觀者經驗到像是走進動態的影片中一般。

不是布料的簾幔

正當旅客走到長廊的盡頭，轉進另一條六百英呎長的兩段式斜坡走道時，正對大玻璃窗的牆面，在此迎接所有人的是藝術家哈利‧羅斯門的作品〈簾幔牆〉。羅斯門以玻璃纖維石膏爲材料，在天藍色的牆面上，鑄出六十一片自十四英呎高度的天花頂上垂下、看似柔軟輕飄的白色立體簾幔。 **(圖見57頁)**

簾幔從優雅靜止的形態，一路隨著旅客的腳步向前移動，而出現強度逐漸加劇的各種飄盪姿態，直到捲起的簾幔變成了藍天裡的白雲，到了這裡，旅客也就走到排隊通關的中央大廳了。白天經過此處，旅客置身於立體簾幔與眞實玻璃窗、室內與玻璃窗外的藍天之間；夜晚時，立體簾幔的光影反照在玻璃窗上，簾幔的動態變化與光影的虛實，行走中的旅客其實是〈簾幔牆〉與玻璃窗互動關係的主體，也直接映射出旅客此時此刻的心情與腳步，讓人更想快點回家。

走進紐約街頭

在三百英呎寬的通關中央大廳空間上方，一整排二十八件高八英呎、寬十英呎的浮雕畫作，是藝術家黛博拉‧瑪斯特的作品〈紐約街頭〉。畫面內容包括搭乘地鐵的人潮、華爾街上的行人、布魯克林大橋上的交通、公園裡的景緻、疲倦的工廠工人、節日的遊行隊伍、歡樂的婚禮、不同族裔的市集等，都是瑪斯特從她花了兩天的時間，走遍紐約街頭所拍攝的七十卷所見所聞照片中，挑選紐約多元的街頭景象。這件作品除了讓在此排隊的紐約客，有一種「到家」的熟悉感；也讓新移民或是外來的旅客，預先感受到紐約街頭的氣氛。

如果第四航站中的三件新公共藝術作品，有如旅人在抵達目的地時的心情三部曲，那麼〈紐約街頭〉這件作品爲到站旅客所鋪陳的景象，便是精采的飛行旅程完結篇；也是旅客在離開機場、進入市區後所面對眞實世界的預告片。

第二節　中城

中央車站 ④⑤⑥⑦Ⓢ

中央車站（Grand Central Terminal Station）是紐約市返紐約上州、康乃狄克州及連接通往加拿大鐵路的北郊縣鐵路系統

作者	黛博拉·瑪斯特 *Deborah Masters*
名稱	紐約街頭（New York Streets）
年代	2001
材質	壁畫
地點	甘迺迪國際機場第四航站（未完工前實景）

（Metro North Rail Road）的終點站，位於公園大道、列辛頓大道及四十二與四十五街之間。每天有五百個車次、五十萬人次的進出量，並與4、5、6、7、S五線地鐵車站相連通的綜合型車站。

　　近年來，中央車站的總站空間可說是全紐約市的各種公共空間中，最受到青睞的公共藝術舞台。大都會捷運局公共藝術計畫室、「創意時代」等機構，在這個車站的各個不同空間中，盡情揮灑創意與資源，使得每天進出這座原本就已經以法國巴黎歌劇院風格建築裝飾藝術聞名的十二萬五千通勤人口，有如置身於華麗精緻卻不失輕鬆的藝術殿堂。挑高的候車大廳拱頂，由法國藝術家保羅·

紐約街頭的多元景象，讓排隊等候驗證的旅客感受到紐約街頭的氣氛。（上圖）

以壁畫表現紐約的市集。（左下圖）

不同族裔的行人。（中下圖）

布魯克林大橋下的婚禮。（右下圖）

作者　保羅·赫魯　Paul Helleu
名稱　黃道十二宮圖
材質　燈泡
地點　中央車站售票大廳 ④⑤⑥❼Ⓢ

作者　魯道夫・史汀格爾　*Rudolf Stingel*
名稱　B計畫（Plan B）
年代　2004
材質　毛料地毯
地點　中央車站凡德彼特廳 ④⑤⑥⑦Ⓢ

玫瑰地毯圖案設計。
（上圖）

重複單一的圖案，使
得空間看起來比往常
要巨大。長毛厚地毯
的柔軟接觸感，強調
尋常生活用品與材質
的藝術性潛能。
（左、下圖）

作者　唐諾‧李普斯基　*Donald Lipski*
名稱　Sirshasana
年代　1998
材質　鋁、樹脂、水晶
地點　中央車站生鮮超市 ④ ⑤ ⑥ ⑦ Ⓢ

車站內的高級美食
生鮮市場地板上的
圖案也引人入勝。
（右圖、右頁圖）

倒著生長的橄欖樹
懸吊挑高圓頂空間
中。（下圖）

生鮮超市地磚圖案。

赫魯,根據中世紀的一份手稿,用二千五百多顆燈泡勾勒出的〈黃道十二宮圖〉,最負盛名。他還在設計這件作品時,埋藏了一個小機關。如果略通星象,就會發現赫魯這十二個星座圖的排列與方向是左右顛倒的。據他自己解釋,他所呈現的星象圖是以上帝從天堂向人間望下時所看見的星象排列方式,巧妙又不著痕跡地樂了自己,也拍了所有觀眾的馬屁。(**圖見62頁**)

另外,大都會捷運局公共藝術計畫室除了固定每年聖誕季節,都會邀請一位雷射藝術家,以中央車站的拱形屋頂爲幕,設計搭配節慶音樂的雷射應景動態圖案之外,每年還會在此搭台兩次,邀請該年度通過「紐約地下音樂」專案甄選的街頭藝人或團體在此接力表演。

位於中央車站四十二街出入口的凡德彼特廳(Vanderbilt Hall),常常出租作爲舉辦各類商業或公關活動的場地。在空檔期間,大都會捷運局公共藝術計畫室不定期會在此推出大師級藝術家的作品展覽,例如:獲得二○○二年麥克阿瑟天才獎美國藝術家萊莎‧璐,利用各種顏色及形狀的串珠,黏塑成〈後院〉曬衣場大型立體作品個展。(**圖見66~67頁**)

「創意時代」則是在二○○一年,推出日本藝術家村上隆所設計的大型漂浮式與地面碟型的眼睛圖案雕塑作品〈眨〉(**圖見14頁**);以及二○○四年由義大利藝術家魯道夫‧史汀格爾的空間裝置作品〈B計畫〉。史汀格爾將整個凡德彼特廳鋪上自己設計的玫瑰圖案長毛厚地毯,透過重複單一圖案的手法,產生視覺上的距離感知覺,使空間看起來比往常要巨大、視線變得空曠許多;之外,也藉由不同於往常的腳下柔軟接觸感與腳步聲音的新經驗,強調尋常生活用品與材質的藝術性潛能,也勾起往來過客對這個空間的原貌、現況及未來空間可能性的思索。(**圖見63頁**)

爲了方便從上州與康乃狄克州搭乘北郊鐵路系統往來紐約市上班的通勤旅客,在中央車站靠近列辛頓大道的一樓出口處,除了設有精品店與書店外,還有一整區的空間規劃爲高級美食生鮮市場。在市場內最靠近列辛頓大道出口的挑高圓頂屋頂空間,懸吊著由

作者　萊莎‧璐　*Liza Lou*
名稱　後院（Back Yard）
年代　1998
材質　混合媒材
地點　中央車站凡德彼特廳
④⑤⑥❼Ⓢ

看似逼真的可樂、
桌巾、三明治、紙
盤以及後院草地上
的花，是藝術家用
各種顏色及形狀的
珠子串組而成的作
品。（左、右頁圖）

作者	羅勃特・尤亞瑞茲 *Roberto Juarez*
名稱	原野裡的野花（A Field of Wild Flower）
年代	1997
材質	油畫與拼貼壁畫
地點	中央車站候車室 ④⑤⑥⑦Ⓢ

香味，以及市場內新鮮艷麗的各種生鮮與熟食商品相互輝映，讓消費者感受到最高級的購物環境氣氛。（圖見64頁）

位於公園大道出口下方、大都會捷運局直營紀念品商店旁邊的旅客候車室，是中央車站內唯一設有洗手間的地方，休息室擺設著舊式的長條木製高椅背座椅。周圍的三面牆上，是藝術家羅勃特・尤亞瑞茲的巨幅連屏拼貼油畫作品〈原野裡的野花〉。這件作品不但爲在候車室中等待前往上城及郊區的旅客，預告了即將擁有的車窗外景色，也讓疲倦的身心在等待的過程中，有了心情的轉換與期待，等車的時間不再只能是枯燥乏味的發呆過程；就算是坐在這裡閉目養神，也是

休息室擺設著舊式的長條木製高椅背座椅，牆上巨幅連屏拼貼油畫作品讓候車室變得環境美、氣氛佳。

美國廿世紀藝術大師唐諾・李普斯基，以合成樹脂與水晶玻璃所設計的一件水晶燈天花吊飾，乍看就像是一顆長滿了淡淡粉紅色水晶樹葉、從屋頂向下倒著生長的橄欖樹，高雅、氣派的氣質與正下方的花店與麵包坊的

中央車站地下餐飲
服務區的大型燈箱
專案作品，以燈箱
形式呈現的影像作
品將公共用餐區的
氛圍變得極富現代
都會感。（本頁二
圖）

燈箱作品靜止畫面
的特性讓乘客用餐
時有如置身於凝結
的情境中。（右圖）

燈箱作品的內容與
主題常讓人有時空
轉移的感覺。（左
圖）

艾倫‧爵士可的作
品〈因為天上，所
以人間〉

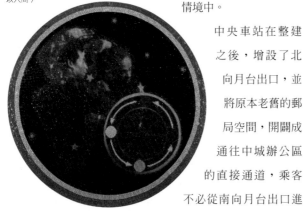

環境美、氣氛佳。在中央車站地下層的旅客候車大廳，主要是各種餐飲服務區及公共用餐區。大都會捷運局公共藝術計畫室就選擇公共用餐區的牆面，不定期推出專為攝影藝術家開闢的公共藝術遴選與展示計畫：「燈箱專案」。獲選的攝影作品或主題式的攝影藝術家作品展覽企劃案，均以燈箱的形式呈現，使得公共用餐區變得極富現代都會感，也常常因為攝影作品的內容、主題與靜止畫面的特性，讓乘客在這個車站內用餐的時候，有如置身於時空轉移或凝結的情境中。

中央車站在整建之後，增設了北向月台出口，並將原本老舊的郵局空間，開闢成通往中城辦公區的直接通道，乘客不必從南向月台出口進入售票大廳，再迴轉往北到四十一街出口。藝術家艾倫‧爵士可，以十三幅結合攝影影像輸出、馬賽克磁磚、磨沙玻璃、鑄銅等材質，所創作的壁畫作品〈因為天上，所以人間〉，就設置於中央車站北向月台出口，呈現在原始部落、非洲、美國印地安民族、馬雅文化、希臘、中國等世界各種不同文化中，對於星星、月亮、太陽的運轉與彼此關係的神話傳說。在每一張馬賽克壁畫中，都包含有來自不同文化中與神祕學有關的線圖、代表權力與支配的象徵性符號，以及爵士可從紐約及波士頓兩個城市中，找尋特定的模特兒，所拍攝的人像攝影等，看起來就像是一張張述說宇宙發生與演進過程中，某些特定時刻的停格影像，也是經過藝術家精心設計及詮釋後的全球宇宙神話故事版本。

地鐵 4、5、6 線與往來於時代廣場站與中央車站之間的 S 線地鐵，在中央車站匯集，並形成一個互通地下道網絡。乘客從 S 線地鐵抵達中央車站時，若是隨著樓梯往上，便

作者　艾倫·爵士可　*Ellen Driscoll*
名稱　因為天上，所以人間（As Above, So Below）
年代　1999
材質　影像輸出、馬賽克磁磚、磨沙玻璃、鑄銅等材質
地點　中央車站北向月台出口 ④ ⑤ ⑥ ⑦ Ⓢ

作者　丹·辛可來　*Dan Sinclair*
名稱　快車道與快轉輪（Fast Track & Speed Wheels）
年代　1990
材質　銅與不鏽鋼
地點　列辛頓大道地鐵車站 ④⑤⑥⑦Ⓢ

通道的二頭都是辛可來的作品，以不鏽鋼片與大型齒輪拼貼交疊而成的壁面雕塑，給人一種時空的現代感。（上圖）

當另一件辛可來的作品出現在眼前時，就是車站長廊的盡頭。（下圖）

呼。這是藝術家丹·辛可來的一對名為〈快車道與快轉輪〉作品的其中一件。繼續往前走，經過約二百公尺的長廊時，不妨欣賞一下兩邊廣告牆上的巨幅海報，通常設計與印刷水平都相當好。當辛可來的相同風格、不同型式的另一件作品出現在眼前時，是長廊的盡頭，也是地鐵站的出入口。

洛克菲勒中心 ⒷⒹⒻⓋ

城中之城

由建築師雷蒙·霍德（Raymond Hood）所設計的洛克菲勒中心（Rockefeller Center），是一個由街道、摩天大樓群、人行大道、花園及寬敞的廣場空間所構成的一個

可進入中央車站大廳；若是直行至月台底端，先會遇上一件由幾何形的不鏽鋼片與大型齒輪拼貼交疊而成的銅與不鏽鋼壁面雕塑作品，掛在通往 4、5、6 線地鐵的長廊開端牆面上，像是在向即將進入走廊的旅客打招

洛克菲勒中心，是一個由多重屬性的空間所構成的一個巨大商業及辦公網絡，通道花園的二旁都是商店。

巨大商業及辦公網絡。從第五大道上的薩克斯百貨公司（The Fifth & Saks）穿過二旁都是商店的甬道花園，便來到地下與地面二層式的廣場，周圍則是統一風格的摩天大樓群；前者可直至金黃色的普羅米修斯雕像前，然後進入地鐵站；後者在繞過地下層的廣場後，直通第六大道方向，再繼續往西走一條大道，就可抵達時代廣場及百老匯劇院區。

　　該中心自一九三一年竣工開放以來，冬季

作者　白南準　Nam June Paik
名稱　通訊（Transmission）
年代　2000
材質　混合媒材
地點　洛克菲勒中心廣場

在普羅米修斯雕像下溜冰，或是參加每年聖誕季節超大型聖誕樹的點燈活動，一直是紐約人最喜愛的消遣活動，洛克菲勒中心因此聲名遠播，成為來自世界的觀光客必定到此一遊的據點。自一九九一年起，公共藝術基金會每年夏季八月份左右，就會邀請一位國際級藝術大師，特別為洛克菲勒中心的地面廣場（Rockefeller Center Plaza），設計一件臨時性公共藝術作品，展期約為四個月。使得這個每天平均有二十五萬人進出的「城中之城」，更添增魅力與氣派。

省思與反諷

二〇〇〇年獲邀在此設計作品的是韓裔藝術家白南準。他依據洛克菲勒中心廣場周圍的大廈與環境特性，設計了二件大型的戶外作品：〈通訊〉及〈輕聲播放莫札特的安魂曲〉。這二件大型裝置作品幾乎鋪滿了整個廣場的空間。其中，〈通訊〉這件作品是在廣場中心，搭起一座做三〇年代無線電發射塔造形的電訊輸送塔，塔身結構均以七彩霓虹燈裝飾。每天從太陽下山到午夜的時間內，會有紅、綠、藍三束雷射光自三十三呎高的塔頂向周圍的大樓帷幕玻璃方向射出。光束經由玻璃的反射之後，便在洛克菲勒中心廣場內形成一個彩色的光網。

除此之外，這些光束每小時一次的旋轉與跳躍發射變化，在周圍的建築群之間相映出誇張奇炫的視覺效果，也十分直接地反映出洛克菲勒中心區域內，共計有國家廣播電視網（NBC）、美國福斯電視新聞網（FOX）、美國哥倫比亞電視網（CBS）三大電視網攝影棚與辦公總部進駐，以及其鄰近五十二街區域內，還包括哥倫比亞廣播電視大廈（CBS Building）、廣播電視博物館（Museum of Radio and Television）的環境特色。〈輕聲播放莫札特的安魂曲〉，則是在廣場四周停滿三十二輛外表全部漆成銀色的美國製各款汽車，車型可追溯自一九二九年的福特A型車，直到一九五九年的別克轎車。這些車款在汽車製造業，已經失去象徵美國機械設計與動力的象徵地位。白南準還在所有汽車內塞滿了舊式的聲立聲收音機、八軌錄音機、電視機、喇叭音箱，以及各類過時的視訊設備與器材。結果，這些廿世紀科技產物的殘骸，都成了白南準裝置作品中的靜物。如果觀眾靠近這些汽車，還可以隱約聽見莫札特臨死未完成的〈安魂曲〉音樂。

在一九七四年首先提出「資訊高速公路」（Information Superhighway）觀念與名詞的白南準，藉著這兩件作品說明美國的汽車消費文化與媒體文化，從興起到面臨危機都在廿世紀之內發生了；而這也是他個人對當今消費文化、科技產業，以及快速的淘汰與消耗等社會現象所發出的輓歌。尤其當作品搭配在商店與新聞媒體聚集的洛克菲勒中心廣場之間，更添增了一份省思與反諷的企圖。

大即是美

二〇〇一年時，公共藝術基金會推出的是

作者　路易斯・波哲娃 *Louise Bourgeois*
名稱　蜘蛛（Spider）
年代　2002
材質　銅
地點　洛克菲勒中心廣場（左、右頁圖）

由傑夫・孔恩用了七萬個金盞花、秋海棠與喇叭花等各式盆栽所搭建而成、高達十三公尺的植物雕塑〈小花狗〉(圖見10、11頁)，花香與天真無邪的小花狗造形，成為附近整個精品商圈與水泥摩天大樓之間的視覺驚喜，也再次映證美國文化中，「大」即是美的信念；二〇〇二年則是祭出當時已屆高齡九十歲，被公認為是美國當代藝術家中最具影響力與權威的女雕塑家路易絲・波哲娃，所創作的三隻超大型銅質蜘蛛雕塑。兩隻「小」蜘蛛，其實一點也不小，一隻二點四公尺高，另一隻四點九公尺高；與高達十點三公尺、肚子裡清晰可見還有好幾顆蜘蛛蛋的〈媽媽大蜘蛛〉(Maman)，在廣場中一字排開。戲劇性的視覺效果，加上人們其實可以從每一隻蜘蛛的八隻腿中穿越廣場的身體經驗，頓時將廣場中的氛圍與人們的記憶，從二〇〇一年夏天的綠意可愛，轉換成科幻電影中異形入侵般的驚異情節。(圖見76、77頁)

異文化與信念

二〇〇三年上場的則是當紅的日本造形創作藝術家村上隆，他在廣場上豎立起一座變形卡通人物〈點子君〉的塑像。〈點子君〉高七公尺，有八支手臂，臉上掛著一抹像哭又像笑的矛盾表情，盤坐在蓮花瓣座椅上；身旁四角各站了一個白色守護小童(Shitennoh)，守護著周圍天空中兩個超大型布滿大眼睛圖案的漂浮氣球，(圖見2、3頁)以及地面上二片長滿鮮艷可愛蘑菇造形座椅

的鮮花綠草原野。據村上隆自己的解釋，那是他從佛像與超自然卡通古生物造形中得到的靈感，所創造的既像外星生物也具有宗教性格的聖像人物。色彩鮮豔又精緻的烤漆材質〈點子君〉、守護小童與蘑菇雕塑，搭配大氣球與發泡橡膠材質做成的鮮花綠草厚地毯，成功地顛覆了廣場上原本商業世故的紐約大都會氣質，搖身一變成為摩天水泥叢林中的一片既神祕又淘氣卡通仙境。

二〇〇四年則是由藝術家強納森・布洛夫斯基設計的一件名為〈走向天際〉的雕塑裝置作品。他從地面層廣場朝向地下層廣場的方向，以七十五度斜角豎起一隻三十五公尺高的不鏽鋼旗竿，旗竿上有一串各種性別與年齡的人毫不費力地正朝向天際走去，旗竿周圍則還有三個人正仰頭觀看，企圖激發向上提升的人性，鼓勵人們以意志力與決心，面對需要逆境而上的未來。(圖見80頁)

四十二街地鐵站／時代廣場
①②③⑨ⓃⓆⓇⓌ⑦ⓈⒶⒸⒺ

每年大約有兩千六百萬人次的觀光客到時代廣場朝聖，時代廣場其實是由百老匯街與第七大道在四十二街交叉，一直到四十六街之間所形成的一塊三角畸零地，這裡也是紐約劇院最密集的區域，從四十四街至五十一街之間，就有三十間主要的劇院在此。時代廣場自一九〇五年完工，至今已屆滿一百週年，而在此舉行的時代廣場跨年晚會，規模

作者　村上隆　*Takashe Murakami*
名稱　點子君（Tongari-kun）
年代　2003
材質　混合媒材
地點　洛克菲勒中心廣場

作者　強納森・布洛夫斯基　Jonathan Borofsky
名稱　走向天際（Walking to the Sky）
年代　2004
材質　不鏽鋼、塑鋼
地點　洛克菲勒中心廣場

司立哲（Gunther
Selichar）的〈誰怕
藍、紅、綠〉(本頁
三圖）

也越來越大。

　每年的十二月三十一日，紐約市政府都會在位於交叉點的時代廣場一號樓（One Times Square Plaza）頂樓上，懸掛一顆重達千餘磅的水晶球，在跨年倒數的最後六十秒鐘時，緩緩從七十七呎高的大樓頂端降下。當新年來臨的那一剎那，新一年數字字樣的巨型燈座閃起、水晶球下的彩球破成二半，無數的彩帶與亮片隨風飄下，時代廣場與周邊道路上，則是擠滿了幾十萬迎接新年到來的人潮。這是全世界的人最熟悉的一幕紐約景象。

錄影藝術的新舞台

　平日裡，時代廣場一號樓牆面上的巨型松下電子（Panasonic, Inc.）電視螢幕牆，除了上午七點至十點、下午六點至七點之間，是固定播放美國國家廣播公司全國新聞的時段之外，這裡是計秒出租的廣告牆，也是公共藝術基金會與「創意時代」兩個公共藝術推廣機構，為錄影及影像藝術家的新舊作品所開闢的展覽平台。

　「創意時代」自二〇〇〇年起，與松下電子公司合作，持續在這座電視螢幕廣告牆上，推出「第五十九分鐘」（The 59th Minute）的展覽企劃。這項企劃是固定在每個小時的第五十九分鐘，播放一分鐘的錄影作品影片，是能見度相當高的展覽地點與展出方式。以拍攝擬人化裝扮的威瑪狗（Weimaraner）聞名的紐約藝術家威廉‧魏

格曼（William Wegman）所拍攝的影片作品〈狗的二重唱與前陽台〉（Dog Duet and Front Porch）、奧地利藝術家恭特‧司立哲的動畫設計〈誰怕藍、紅、綠〉**（圖見81頁）**等，既新穎又富實驗性的作品。結合藝術家馬丁那茲‧哲考（Marina Zurkow）、建築設計師史考特‧派特森（Scott Paterson）、電子工程師朱莉安‧比利克（Julian Bleecker）之間，跨領域的錄影與電腦影像作品創作組合，都是「創意時代」極力推動與鼓勵的創作模式。

公共藝術基金會曾以相同的模式，邀請以錄影裝置作品獲得一九九七年威尼斯雙年展大獎的瑞士籍藝術家皮皮洛提‧蕊絲特，在位於時代廣場上的電視螢幕廣告牆，設計一系列共計十六支一分鐘長度的影片作品〈開啟我的空間〉。整個電視螢幕中一再出現的是藝術家將自己的臉緊貼在螢幕上的影像，看起來就像是要從螢幕中擠到曼哈頓的真實世界裡，讓人不得不感受到作品中，強烈透露當代視覺文化中，存在於生理與心理之間的抑制與釋放。

世界的十字路口

位於時代廣場中心地帶的四十二街地鐵站，共有1、2、3、9、N、R、Q、W、7、S、A、C、E十三條地鐵線在此匯集，因而形成各線地鐵月台之間的一個錯綜複雜又彼此相通的通道網絡。四十二街地鐵站不但是紐約唯一可以換搭所有地下鐵路線、直達聯外鐵路系統（與中央車站及賓州車站只有一站之距），又可直達港務署巴士長程巴士總站（Port Authority Bus Terminal）的地下鐵車站，故被稱作是世界的十字路口。

經過長達八年的整修工程，二〇〇四年之際，在四十二街地鐵站內共有四件大型壁畫形式的公共藝術作品。從位在第七大道與四十二街交接口處的地鐵站東南角入口進入車站收費區後，乘客站在往地下層月台的電動扶手梯之前抬頭一望，就可看見整修車站內部時，工程單位特意保存下來的原始時代廣場地鐵站，馬賽克磁磚拼貼站名標示牌，以

皮皮洛提‧蕊絲特（Pipilotti）的影片作品〈開啟我的空間〉（Open My Galde）（左頁三圖）

乘客只需站在往地下層月台的電動扶手梯之前抬頭一望，就可看見重建並重現的古董馬賽克磁磚拼貼站名標示牌。（下圖）

作者	洛伊·李奇登斯坦 *Roy Lichtenstein*
名稱	「時代廣場」(Times Square Mural)
年代	1994
材質	塘瓷壁畫
尺寸	6×53 英呎
地點	時代廣場地鐵車站 ❶❷❸❾❼Ⓐ©ⓃⓆⓇⓈⓌ

李奇登斯坦在「時代廣場」現場與其作品合影（右上圖）

〈時代廣場〉作品草圖（中圖）

時代廣場地鐵站內，來往的人潮、街頭藝人的表演，對映著李奇登斯坦以結合大眾文化與媒體意象風格的作品〈時代廣場〉，成為一個時代意象與藝術作品互為結合的畫面。（本頁下二圖）

及左右各一的阿拉伯數字「42」陶瓷磚雕。這是大都會捷運局自九〇年代末期以來，開始逐步整修老舊車站後，針對各車站中具歷史意義的古董馬賽克磁磚拼貼站名標示牌，所作的一系列維修與重現舊站牌的案例之一。

隨著扶手梯到達地下一樓，來到四十二街地鐵站內，人潮最擁擠的站內廣場，因為所有十三條地鐵線的乘客需要轉車時，都會在此匯聚。這個地點不但隨時都有各種才藝的街頭藝人在表演，就在廣場通道的橫樑上方，有美國普普大師洛伊·李奇登斯坦生前所完成的最後一件創作。這件名為〈時代廣場〉

作者　傑克・畢爾　*Jack Beal*
名稱　春回大地（The Return of Spring）
年代　2001
材質　玻璃馬賽克
地點　時代廣場地鐵車站 **①②③⑨⑦Ⓐ**Ⓒ N Q R **Ⓢ** W

作者　雅各・羅倫斯　*Jacob Lawrence*
名稱　流動中的紐約（New York in Transit）
年代　2001
材質　玻璃馬賽克
地點　時代廣場地鐵站 **①②③⑨⑦Ⓐ**Ⓒ N Q R **Ⓢ** W

作者	安德魯・李斯特 *Andrew Leicester*
名稱	靈魂系列（Ghost Murals）
年代	1993 / 1994
材質	石雕
地點	賓州車站 **①②③⑨** Amtrak、NJTransit

從原址拆下來的陶板浮雕斷片在重新設計後，變成走道牆面上的大型壁飾。（上圖）

陶板浮雕斷片壁飾塑造新舊建築之間的對話。（下圖）

在巨型走道牆面上的斷裂羅馬雕花柱浮雕氣勢非凡。（右頁二圖）

陶板浮雕斷片
（細部）

的琺瑯塘瓷壁畫作品，畫面是李奇登斯坦創作風格特色的色點及卡通式線條，以摩天大樓、跨河大橋、港口、混合火車與飛機造形、原始車站裡的陶瓷磚雕阿拉伯數字「42」等圖案元素，呼應了這個地鐵站、時代廣場，以至於整個紐約市，從過去、現在到未來的現代化歷程。

從廣場向左轉，經過一段緩坡的通道，便可走進地鐵1、2、3、9線月台的下城出入口。右手邊大片牆面上是藝術家傑克‧畢爾的玻璃馬賽克壁畫〈春回大地〉**（圖見85頁上圖）**。這件作品的畫面強調了地鐵站周邊的紐約街景中，最常見的忙碌、擁擠、多元種族與膚色、工作與生活機能混合的現象與氣氛。其中一位穿著桃紅色短袖上衣及短裙、提著花籃的金髮女郎，與周圍穿著大衣、短靴、高領厚毛衣，雙手插在口袋中保暖、臉上若有所思的其他路人，形成明顯強烈的對比。金髮女郎既像是春神的化身，反映出紐約人的獨立、敏感與帥性的人格特質。

若從廣場向右轉往，在通往N、R、Q、W線月台的夾層與階梯上方，那是藝術家雅

各‧羅倫斯將自己成長在哈林區的日常生活所見，包括群眾、街景、日常生活動態、顏色、聲音、社區特色與精神等，轉化成重複的圖像與圖案，所創造的都會生活環境中的節奏與韻律感。**（圖見85頁下圖）**

三十四街地鐵站／賓州車站 ❶❷❸❾ⒷⒹⒻ

通往美國中西部、南部及華盛頓市、波士頓市的美國鐵路（Amtrak），與長島鐵路（Long Island Rail Road），以及往返新澤西州的鐵路、PATH（The Port Authority Trans-Hudson）線，全都是從位在第七和第八大道、三十一與三十三街之間的賓州車站（Penn Station）發車，每天將近有三十萬的進出人次。賓州車站與中央車站一樣，都是地上鐵路運輸網絡與地下鐵車站連接的綜合型車站，擔負著遠程鐵路與市內地下鐵運輸系統之間聯結雙向旅客的任務。

搭乘1、2、3、9線至三十四街地鐵站的乘客，不論是在往上城或下城方向的月台，牆面上有一系列各種動物造形的陶板浮雕，這是藝術家伊莉莎白‧葛拉雅（Elizabeth Grajales）的作品〈當動物在說話〉（When the Animals Speak）。每一片浮雕都包含一種或數種動物，生動有趣的造形，搭配豐富且具有童趣的背景，像是一篇篇以獅子、老虎、企鵝、烏鴉等動物為主角的圖畫故事，讓在此進出的乘客，有種旅行與度假的感覺。

作者　林瓔　Maya Lin
名稱　蝕時（Eclipsed Time）
年代　1994
材質　鋁金屬、強化玻璃材質
地點　賓州車站 ①②③⑨
　　　Amtrak、NJTransit

　　以設計越戰陣亡戰士紀念碑成名的華裔設計師林瓔，採用了不鏽鋼及強化玻璃為賓州車站量身訂作了一件命為〈蝕時〉的觀念性作品。這件作品承續林瓔作品一貫的精準數理風格，利用日晷原理，讓不同角度的光影反映在劃有刻度的玻璃面上而形成時間的刻度。這恰與車站內川流不息的人潮相映成趣。

作者	蜜雪兒・歐嘉多爾 *Andrew Leicester*
名稱	輻射區（Radiant Site）
年代	1991
材質	手工製的銅釉方型磁磚
地點	三十四街地鐵站 ⒷⒹ N Q R W

　　1、2、3、9地鐵線三十四街車站與賓州車站的連接，是由一條將近二百公尺的寬敞長廊空間銜接，這裡除了開闢成商店街與速食餐廳的賣場外，既是旅客在火車站月台與地鐵站月台之間轉乘必經之路，也是各種火車票的售票區。在這條通道的最南端壁面上，有一件由兩位半裸女神守護著一面圓型鏡面的陶板浮雕作品。這是藝術家安德魯・李斯特將一九六三年擴建賓州車站時，從原址的車站建築物中拆下來的陶板浮雕斷片，重新運用及設計，安置在新建車站的巨型走道牆面上，共計有五件大型壁面陶板浮雕，與一件琺瑯壁畫在新家的空間中重見光明。除了藉此保留車站建築的設計精神與風格外，實質上做了同一地點、新舊建築之間的對話，

因此，李斯特將這一系列浮雕取名為「靈魂」。其他的陶板浮雕斷片還包括傾斜、斷裂的羅馬雕花柱等。在同一地點稍為往前走幾步的天花板上，就是華裔藝術家林瓔設計的鋁金屬與強化玻璃材質日晷。（圖見86、87頁）

　　車站北端通往B、D、F線車站的緩坡走道，有一道狹長的通道，二邊牆面全部貼滿了手工製的銅釉方型磁磚。金黃色的暖光讓走在其中的乘客，霎時忘卻整個三十四街地鐵站內，由於多層式車站結構體所造成的枯燥重工業視覺感覺，這是出自藝術家蜜雪兒・歐嘉多爾的作品〈輻射區〉；另一頭往下走在夾層階梯通道區中，乘客的視線若是穿過鏤空的階梯扶欄，可以隱約看見沿著地下樓層地鐵站月台屋頂上，懸吊著十四組大紅色、

作者　大衛・普羅分　𝒟𝒶𝓋𝒾𝒹 𝒫𝓇𝑜𝓋𝒶𝓃
名稱　Yab-Yum
年代　1992
材質　鋼鐵
地點　三十四街地鐵站 Ⓑ Ⓓ N Q R W

作者　尼可拉斯‧皮爾森　Nicholas Pearson
名稱　暈輪（Halo）
年代　1991
材質　木材、鋼架
地點　三十四街地鐵站 Ⓑ Ⓓ Ⓝ Ⓠ Ⓡ Ⓦ

看似飛機螺旋槳造形的槳葉，隨著火車的進出站待進的風力，緩緩且不規則地轉動。這是藝術家大衛‧普羅分的巧思設計。

　　如果想看清楚一點，不妨走到月台往天花板上看，會看到比較完整的作品。可惜的是作品的視覺效果已經不再像照片中那樣令人

驚豔。因為，這件作品設置的地點是在鐵軌的正上方，紐約地鐵是全世界唯一二十四小時營業運轉的系統，若要維修則必須申請地鐵停駛，這是極端複雜也幾乎不可能獲准的狀態。因此，這組作品自一九九二年裝置完成之後，就沒有機會清洗或維修故障的槳

斯·皮爾森的作品〈暈輪〉，充分利用了這片結構上必須、又無法實際使用的空間，成功地美化及轉化了鋼樑結構給人在視覺感受上平凡與冰冷印象。

第三節 上東城

布魯明岱爾百貨公司／五十九街地鐵站

在紐約市，布魯明岱爾百貨公司（Bloomingdale's Department Store），雖然規模沒有梅西百貨公司大，但因爲它位於曼哈頓上東城五十九街與列辛頓大道（59th Street-Lexington Avenue）的交口，是根據附近的舊地名布魯明岱爾而命名，是高收入的住宅區，進出的紳士名媛與店內各種名牌香水、皮毛、國際知名設計師服飾專櫃，堪稱紐約上流社會購物據點之一，只需搭乘地鐵4、5、6號線，在五十九街地鐵站下車即可到達。但不要急著走出車站，因爲在這裡有不可錯失的公共藝術經典作品；人們很難看不到它，因爲它是鋪陳在整個車站，從天到地、從樓梯走道至4、5、6號線與N、R線轉乘通道的所有壁面，爲紐約市地鐵車站內公共藝術的規模與格式，開創出新趨勢。

女畫家伊莉莎白·墨蕊的玻璃馬賽克拼貼壁畫作品〈怒放〉，不但在作品字義上與地鐵站周邊社區的地名作了呼應；畫面中巨大的

葉；照射這組作品的燈具，也處於無法維修的處境。（圖見91頁）

同樣地，乘客走在車站南端的階梯通道區中，穿過鏤空的階梯扶欄，可以看見車站的鋼架支撐結構夾層中，懸空端坐著六個不同大小及尺寸的白色球體。這是藝術家尼可拉

作者	伊莉莎白·墨蕊 *Elizabeth Murray*
名稱	怒放（Bloom）
年代	1996～1998
材質	玻璃馬賽克
地點	列辛頓大道 / 五十九街地鐵站 ④⑤⑥ N R W

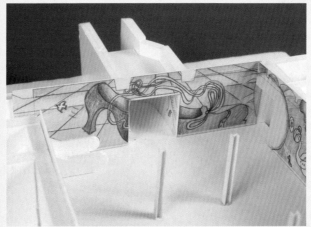

鋪陳於車站內巨大
的淡紅色樹幹，撐
起茂盛的分枝向四
周伸展。（上圖）

黃色的咖啡杯中，
溢流出的是紫色的
咖啡與熱氣。
（中、左頁圖）

作品提案階段的模
型。（局部，下圖）

作者　喬治·席格　*George Segal*
名稱　穿越馬路（Street Crossing）
年代　1992
材質　青銅與石膏
地點　六十街與第五大道交接口的費李得曼廣場　ＮＲＷ

淡紅色樹幹，撐起茂盛的分枝向四周伸展、綁在紅色高跟鞋上的長緞帶，長長的好像沒有盡頭、黃色的馬克杯與咖啡杯中，溢流出的是紫色的咖啡與一縷往地面馬路的熱氣，讓在這個車站忙碌進出的乘客，像是走進了一個超現實又帶著詩一般意境的夢幻地底世界。散布於牆腳那些走動中的鞋子與飄香中的咖啡，是每天早晨與傍晚在這個車站的真實日常寫照。（圖見94、95頁）

中央公園／費李得曼廣場　ＮＲＷ

中央公園不但是紐約人日常休閒、運動、接近大自然的好去處，也是外地人經常坐著復古馬車尋幽訪靜、享受浪漫的活動地點。近年來，在公共藝術基金會的推動下，中央公園也逐漸成為世界藝術菁英大顯身手的競技場。

公共藝術基金會除了固定在六十街與第五大道交接口的費李得曼廣場，曾邀請包括比利時的維敏·代佛宜、義大利的瓊安·墨納茲、美國的喬治·席格等國際知名藝術名家，在這個中央公園入口廣場上設計臨時性公共藝術品之外，自二○○二年起，公共藝術基金會與惠特尼美術館形成策略結盟，在

作者　草間彌生　*Yayoi Kusama*
名稱　自戀的花園（Narcissus Garden）
年代　2004
材質　不鏽鋼
地點　中央公園蓄水池

作者　奇琪‧史密斯　*Kiki Smith*
名稱　Sirens and Harpies
年代　2002
材質　青銅
地點　中央公園野生動物中心

作者　歐拉夫‧衛思特法倫　*Olav Westphalen*
名稱　死去獵物的重量（The Weight of Dead Prey）
年代　2004
材質　上色玻璃纖維
地點　中央公園

作者　維敏・代佛宜　Wim Delvoye
名稱　毛毛蟲（Caterpillar）
年代　2003
材質　鏽蝕鋼（Cor-Ten Steel）
地點　六十街與第五大道交接口的費李得曼廣場

作者　布萊恩・托爾　Brian Tolle
名稱　Waylay
年代　2002
材質　綜合媒材噴水裝置
地點　中央公園水池

作者 金守子 Kim Sooja
名稱 可製造的物件（Deductive Object）
年代 2002
材質 傳統韓國床單
地點 Leaping Frog Cafe'

惠特尼雙年展舉行的期間，運用中央公園的
空間展出臨時性公共藝術品，推出「中央公
園裡的惠特尼雙年展」（Whitney Biennial in
Central Park），不但使得惠特尼雙年展的展
場從美術館裡延伸到中央公園，也透過公共
藝術的形式，讓更多一般社會大眾在戶外活
動時接觸到藝術，進而走進美術館；相對
地，公共藝術品的設置在美術館的運作與支
持下，更加受到藝術愛好及專業族群的重
視。例如：二〇〇二年的「中央公園裡的惠
特尼雙年展」是由奇琪‧史密斯、基史‧愛
得彌爾、洛克希‧潘恩、布萊恩‧托爾、韓
國藝術家金守子等五位藝術家擔綱，各自選
擇在費李得曼廣場、中央公園內的動物園入
口、人工湖、餐廳等不同地點設置作品。二
〇〇四年獲邀的藝術家則包括大衛‧阿特吉
德、麗姿‧卡伏特、保羅‧麥卡錫、歐拉
夫‧衛思特法倫、草間彌生。中央公園因為
這項每兩年舉行一次的國際知名展覽盛事，
成為藝術欣賞人口的參觀定點之一。

　除此之外，包裝大師克里斯多早在一九七
九年便向紐約市政府提出計畫，申請在中央
公園內，搭建一道由許多掛著布幔的門框組
成，綿延跨越公園數英哩長的〈門道〉。經過
長時間的評估後，該計畫的申請於一九八一
年遭到市政府拒絕。原因是當時計畫需要在
中央公園內鑿一萬五千個洞，以便讓門框安
穩地站立，光是公園環境的維護與保持、民
眾的安全等責任，都令雙方無法承擔得起。

作者 麗姿・卡伏特 *Liz Craft*
名稱 廢棄（The Spare）
年代 2003～2004
材質 青銅
地點 中央公園

在醞釀了二十年之後，克里斯多在二〇〇二年再度向新上任的麥可・布隆柏格（Michael R. Bloomberg）市長及公園管理局提出〈門道〉作品的申請案，但這次所提出的是一個不需鑿洞的執行計畫。七千五百個特製的十六英呎高（約三百八十八公分）鋼質門框，垂吊著橘黃色的布幔，沿著公園內總長二十三英哩的步道，從五十九街到一百一十街、從東到西的走向、每個相隔十二英呎（約三百六十六公分）的距離，沿著地形與步道排列。在陽光照耀遠望下，就像是一條長長的金黃色門廊，時而凸起、時而隨著樹林與草地若隱若現；若是從高處往下遠望，也有黃龍遊走於大地之上的感覺。當人們走在〈門道〉之中時，會發現一張張橘黃色布幔，在大自然裡的陽光與風的照拂下，既像是光線與樹影的畫布，也像是一個個每分每秒都在變化造形的動態軟雕塑，人們視覺所及的景象，也會隨著自己的步伐與視線方向轉變。所以「東張西望」成了人們走進公園觀賞這件作品時的標準動作之一；另一個幾乎每一個人都想嚐試的動作，便是伸手觸摸或企圖抓住不斷挑逗著人們的橘黃色布幔。這件作品，門框所需要的特製鋼質底座就需要一萬五千個、門閂所需要的訂製螺絲就多達十六萬五千個。整個計畫的經費預算為二千萬美金，其中包括捐給中央公園管理處的三百萬美金。這項計畫在紐約市政府不需負擔任何資金、克里斯多負責材料、人

作者　保羅・麥卡錫 Paul McCarthy
名稱　老爸的大頭（Daddy's Big Head）
年代　2003
材質　鋼與氣球布料
地點　中央公園

作者	克里斯多 Christo、珍・克勞蒂 Jeane Claude
名稱	門道（The Gate）
年代	2005
材質	不鏽鋼、布幔
地點	中央公園（左、右頁圖）

工、裝置費用，以及支付展覽期間市政府因加強警力與安全人員所增加的費用等條件下，終於被核准於二〇〇五年二月份展出十六天。

　　當展期結束之後二週，七千五百個門框全數從公園中消失。其中，鋼質基座被回收、溶掉、再利用；門框全都回收再製成鋁箔飲料罐；橘黃色的布幔全數都被絞碎，壓製成地毯的塑料底襯。換句話說，〈門道〉的實體是徹底的從人間蒸發了，留下的只有眾人

對它的回憶，以及馬克杯、T恤、畫冊、海報、紀念手錶與棒球帽等紀念商品。這件作品從出現到消失的過程，對許許多多參與作品製作與裝置工作的相關人員與觀眾來說，是一次橘色的視覺「驚艷」。克里斯多則強調：「〈門道〉不是象徵，也不是訊息，就只是藝術作品，它是沒有功能與目的，至於它的意義，則將由每個走過七千五百個門、二十三英哩步道的人去發掘。」

克里斯多的〈門道〉，堪稱是紐約有史以來

規模最大的戶外公共藝術作品，二十五年的努力，雖只換來中央公園十六天的亮眼，即便是只有暫時的展示，〈門道〉卻將會是一件永久設置在人們心中的藝術作品。

第四節　上西城

八十一街地鐵站／自然科學博物館 ⒶⒷⒸⒹ

B、C二線地鐵在八十一街地鐵站的公共藝術設置計畫，可以說是最特殊的一個。因

為，這個設置案是由紐約市大眾捷運局公共藝術計畫室的專案經理，同時扮演公共藝術行政者與「作品設計者」，所完成的地鐵車站公共藝術設置案例。

　　由於八十一街地鐵站車站就在中央公園西側、上西城八十一街的紐約自然科學博物館地下層，設有專屬通道可由地鐵站內直達博物館大廳。三位專案經理：坎德‧亨利（Kendal Henry）、陳夢娜（Mona Chen）、艾芮卡‧拜倫斯（Erica Behrens）定出以下的設計原則：（1）作品的內涵反映自然科學博物館的十大展覽主題；（2）作品的視覺呈

作者　大都會捷運署公共藝術計畫室 Arts for Transit staff
名稱　For Want of a Nail
年代　2000
材質　玻璃及陶磁馬賽克拼貼、手工陶磁浮雕磚、手工玻璃、青銅
地點　八十一街地鐵站 ⒶⒷⒸⒹ

西元2000年1月1日的太陽系行星位置圖。（右圖）

繽紛亮麗的海底魚類世界景象。（右頁上圖）

從地球表殼走向地心熔岩的視覺經驗。（右頁下圖）

現要讓觀眾在進出及路經此車站時，能夠預習或回顧在自然科學博物館內的參觀經驗；（3）作品的風格要能與自然科學博物館內的實際展覽有所區別，並保持地鐵車站的氣氛。

他們將設計構想、草圖、不同材質的製作樣品帶到自然科學博物館內，由各個研究部門的策展人及科學家們檢閱作品中各個細節的正確性。這樣做的目的是為了確保在「創作」之餘，不致「創造」錯誤。例如：昆蟲類腳的數目最容易出錯，海底生物的大小比例與生態現象最常糾纏不清等。於是，從浩瀚的宇宙到肉眼不及看見的單細胞生物；從海裡、陸上到空中；從亙古以前到現在，各種生物之間與生命傳演的關係，這些自然科學博物館裡的科學家們努力述說的故事，均成為整個車站內公共藝術設計的主題。

地球生命的起源及宇宙的誕生故事

為了呈現自然科學博物館的十大展覽主題，整個設計利用磁磚、陶瓷浮雕、玻璃磁磚、玻璃馬賽克、青銅浮雕、花崗岩等材料，鮮活地將各類昆蟲、動物、化石、海底生物、地球、宇宙等的形象再現於車站的樓梯、走道、月台及壁面中。大至宇宙天體、小到阿米巴原蟲的化石，螺旋是在生存環境中，一種常見的結構，它象徵了一切生命的起源與延續。因此，整個設計的視覺呈現以螺旋結構排列方式在車站空間中鋪陳，形成兩道螺旋線性推進的地面與壁面圖飾，在往上城與向下城不同方向的車站內，各自陳述地球生命的起源及宇宙的誕生。

象徵地球生命起源的螺旋是設置在往下城方向的車站內，鑲嵌在地磚鋪面的花崗岩單細胞生物造形，從售票亭前方地面起不斷分化，以螺旋線性推進的方式增殖出各種多細胞生物造形，隨著車站的動線，由走道一路繁衍成月台上的各種甲殼綱動物，如瓢蟲等及魚類；隨著月台的延伸，地面的魚類進化成為兩棲類動物，以玻璃馬賽克的材質爬上了壁面，陳述著魚類脫離原始海底生活，爬上陸地演化成為兩棲類動物的關鍵時刻；隨後進化的列車就在牆壁上開向昆蟲與鳥類二條支道，形成蟑螂與蜈蚣在牆頭急走、老鷹與大雁向天展翅的畫面。

然後畫面卻走進一片印著一個紅色阿拉伯數字「5」的一片黑色磁磚區域，這象徵使恐龍從地球上消失的「第五次滅絕」（The fifth extinction）地殼運動，一隻在黑磁磚角落爬行的鱷魚，則是這個時期少數存活的物種之一。接著月台壁面浮現半露的原吋劍龍與暴龍骨骼化石青銅浮雕。由於色彩與質感模仿的相當逼真，乍看之下還以為走進了恐龍化

地面的魚類進化成為兩棲類動物爬上了壁面。（右頁圖）

放大尺寸昆蟲的形象是在車站內隨處可以發現的小驚喜。（下圖）

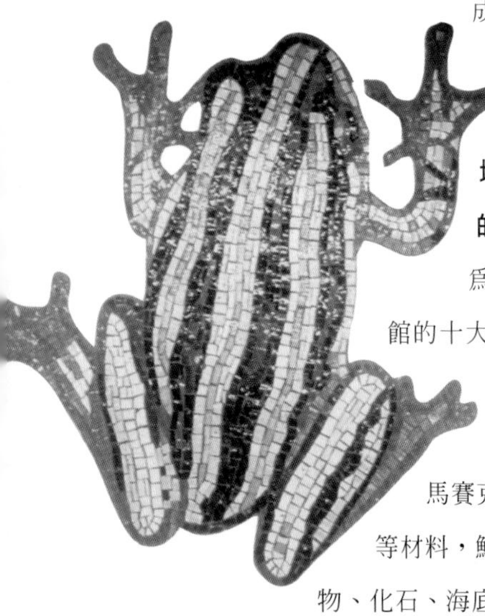

石的考古現場。在月台出口，迎面而來的是一片陶瓷浮雕、玻璃馬賽克等製成的珊瑚礁岩與繽紛亮麗的海底魚類世界景象。

另一道象徵宇宙誕生的螺旋起點是在進入往上城方向車站的樓梯間。當人們走進這個轉角樓梯空間時，四面八方的牆面上呈現的是宇宙大撞擊（The Big Bang）發生之後，宇宙星系誕生初期的迴旋氣流圖象；隨著樓梯往下，便走入公元二○○○年一月一日的太陽系行星位置圖空間中，宛如置身於太陽系的螺旋中心一般。乘客穿過這個宇宙中心點，便可抵達往上城的列車月台；若是人們隨著樓梯繼續往下轉入另一層通往下城方向列車的月台樓梯間，出現在眼前的則是摹仿

火焰色彩的拱形大塊磁磚牆面，提供人們有如經歷從地球表殼走向地心熔岩的視覺經驗。

在往上城方向車站的月台壁面，宇宙動物演化的歷史片斷一一成對登場，現今仍存在的動物以有色彩的馬賽克磁磚方式，再現其形體與顏色，其背景則用淡藍灰色的磁磚勾勒成其已滅絕祖先的形象，藉此表達二者間的演化關係及形態變化。例如：黃褐色的非洲象，搭配的是淡藍灰色的上古乳齒象；粉紅色的火鶴，搭配的是淡藍灰色的巨大始祖鳥。若是動物身旁還多了一個紅色問號，那是表示該動物已瀕臨絕種。整片月台就像是地球動物的存亡一覽表，這張圖表的結尾卻

月台壁面便浮現半露的原寸劍龍與暴龍骨骼化石青銅浮雕。（上圖）

非洲象，黃褐色的非洲象，以淡藍灰色的上古乳齒象，勾勒其滅絕祖先的形象。（左頁上圖）

迅猛龍，現今仍存在的動物以有色彩的馬賽克磁磚方式。（左頁下圖）

作者	南茜・史碧蘿 *Nancy Spero*
名稱	月神，雜耍人，歌劇女神，舞者
	（Artemis, Acrobats, Divas, and Dancer）
年代	2001
材質	彩色玻璃馬賽克磚壁畫
地點	六十六街地鐵站 **①⑨**

是一個大大的紅色問號，以儆惕今日的人類，所有生物的繁衍都是彼此相連、環環相扣，若是人們持續忽略周遭的環境與生物，下一次的滅絕仍然會來臨。

站名標誌旁配上一隻藍色啄木鳥；樓梯牆面轉角出現一隻放大的毛毛蟲等，利用各種動物，或放大尺寸昆蟲的形象作為裝飾點綴，以塑造輕鬆活潑氣氛的細膩處理，是車站內隨處可以發現的小驚喜。

六十六街地鐵站／紐約林肯表演藝術中心 **①⑨**

紐約林肯表演藝術中心（Lincoln Center，簡稱林肯中心），位在百老匯街與西六十六街交叉口，是紐約愛樂交響樂團、紐約市芭蕾舞團、大都會歌劇院、紐約電影協會等表演藝術機構的家與固定活動場地，全年提供來自世界大師級藝術家或團隊的音樂、舞蹈、戲劇及電影的節目。

該區域是上西城的精華地段，周邊都是高級住宅區，而且流行精品連鎖店、商業及藝術電影院、各類餐廳、美食精緻超商、書店、健身房、學校、消防隊等一應俱全，全都在步行距離之內。加上1、9地鐵站，以及M104百老匯街幹線公車、穿越中央公園，連結東西城的六十六街跨城公車（M66 Cross Town Bus），都在此街口匯集，是全紐約食、衣、住、行、育、樂及藝術等各項生活機能最完整的地方。

為了方便趕著準時入場的林肯中心觀眾，

1、9地鐵的六十六街地鐵站，特別設計了地下通道網絡，可以直達林肯中心各表演廳的票口及入場大廳。地鐵站月台上的公共藝術作品，則是藝術家南茜·史碧蘿於二〇〇一年完成的新作〈月神，雜耍人，歌劇女神，舞者〉。其主要的設計是利用共計二十二個連續畫面的彩色玻璃馬賽克磚壁畫，在上城與下城方向月台的壁面上，塑造此站與周邊環境的生活樣式與高雅氣質，不但可輕易地吸引各類藝術人口及使用此車站的居民與過客的眼光，並為此車站塑造一個辨識符號。

史碧蘿在下城方向列車月台的牆面，設置了十三個歌劇女神人形，搭配不同造形僕役的各式情結及動作分解畫面，她所選用的人物造形都是根據考古學、歷史及建築史的記載而來的。例如：羅馬女僕、希臘舞者、雜耍人、史前壁畫中的埃及吹笛人等；每個人物以彩色玻璃馬賽克磚手工鑲嵌而成，個個形態細膩且華麗有如珠寶。因此，乘客在加速出站或減速進站的地鐵車廂內向外看時，便有如欣賞「動態的」劇場表演；若是靜止站在畫面前，觀眾則有如置身大型電影定格畫面之前一般。

在往上城方向車站內，畫面主題則以做體操的人、溜直排輪的人等各式現代手法的人物穿梭在象徵都會式空間的階梯、窗戶之間，以反應車站周邊社區內人們的日常生活形態。

以手工鑲嵌而成的人物，個個形態細膩且華麗有如珠寶。（左頁二圖）

做體操的人。（上圖）

歌劇女神搭配不同造形的僕役。（中圖）

現代手法的人物穿梭在象徵都會式空間的階梯、窗戶之間。（下圖）

作者 瑪麗・密斯 *Mary Miss*
名稱 聯合廣場（Framing Union Square）
年代 1998
材質 不鏽鋼、鏡面、玻璃
地點 十四街地鐵站 ④⑤⑥ N R Q W Ⓛ

第五節　下城

十四街／聯合廣場地鐵站　④⑤⑥NRQWⓁ ⒶⒸⒺ

　　十四街是曼哈頓「中城」與「下城」的分水嶺，沿著十四街西自曼哈頓第八大道向東橫跨至布魯克林區的地下鐵 L 線，在十四街與A、C、E及4、5、6線地鐵相會，成為布朗區、皇后區與布魯克林區的居民進出曼哈頓的主要交通輸送帶。而十四街／第八大道站（14 Street／8th Av）與十四街／聯合廣場站（14 Street／Union Square），皆在二〇〇〇年前，完成車站的重建與內部整修，添增了從屋頂、牆面到地面，散布在整個車站空間的新形態公共藝術作品。

詼諧活潑的地底世界

　　長久以來，「紐約的地下水道中住著鱷魚，半夜才會出來吃人」的傳說，一直是大人最喜歡對小孩講述的床邊故事；而在地下鐵車站中，最常見到掉落在地上的一分錢硬幣，也不見有人彎身撿起來。雕塑家湯姆・歐特尼思在這個車站設計的作品，巧妙地將這二個元素融合成為故事的主體，並創造出

一個住在地鐵車站裡的圓頭族小人國。

小人國的人們，他們的頭、身體、手腳都是圓圓的，每天的工作就是帶著帽子、穿著工作服與大皮鞋、背著袋子，在車站裡拾起人類懶得撿的一分錢硬幣；不工作時，他們就面帶微笑坐在候車椅、樓梯旁的鋼樑、天花屋頂的橫樑、樓梯扶手上，看著腳步忙碌、穿梭往來的人們。在樓梯下的空間中，幾個小人正在用掃帚堆起一堆一分錢硬幣；另一邊人孔蓋中鑽出一隻鱷魚，咬住了一個小人的屁股，作勢就要將他吞下。這裡還有不同造形的動物或是大臉與大腳，散布在樓梯牆角或鋼樑上，像是小人國的紀念碑。

以童話與詼諧的創作風格聞名的歐特尼思，為十四街／第八大道站，打造了一個融合紐約古老傳說及童話想像的青銅雕塑世界，藉由地鐵進出站、人們穿梭的身影，共同塑造出一個真實世界與童話想像世界並存的異次元空間。**（圖見114、115頁）**

邀你去看時空的轉變

十四街／聯合廣場站在進行整修工程時，露出了五十年前翻修車站時加添的屋樑、柱頭、馬賽克裝飾壁面及管線等；工程單位在重砌磁磚牆面時，在一段牆壁夾縫中，意外地找到六個一九○四年興建地下鐵車站時，所使用的原始手工彩陶老鷹浮雕站牌，五十年前車站翻修時被當時的工人封藏在重砌的牆面之後，便一直遺失、被遺忘，如今才又重現。有如迷一般的過去被發現的過程，這

紅漆不鏽鋼外框將車站結構更新所形成的歷史斷層凸顯出來。

作者　湯姆・歐特尼思　*Tom Otterness*
名稱　無題（Untitled）
年代　2000
材質　銅
地點　十四街地鐵站 ④⑤⑥ N R Q W Ⓛ
　　　（左、右頁圖）

個車站在不同時代的鐵路系統與建築結構更新所形成的歷史斷層，即將再度被壓藏在嶄新的裝修下，看在觀念藝術家瑪麗‧密斯的眼裡，有如一本「地下鐵考古學」。

因此，密斯選擇在車站的一百一十五個定點牆面，用與救護車一樣顏色的紅漆不鏽鋼外框及鏡面、玻璃的展示方式，凸顯出車站建築結構的各種細部與斷面，包括一段貼有原始馬賽克磁磚的牆壁、一截管線、一排等距矗立在通道上的原始手工彩陶老鷹浮雕站牌牆面斷片等，這座車站從過去到現在的空間轉變，希望激發人們的好奇。也透過作品的呈現，提供進出車站的人們「遇見」或「發現」這座車站的歷史、建築結構與室內裝飾藝術品。密斯巧妙的新舊融合手法，既保存了原始手工彩陶老鷹浮雕站牌，也達到了「看見」時空轉變的創作目的。（圖見112、113頁）

華埠／堅尼街地鐵站 ❻🄹🄼🄽🅀🅁🅆🅩

建於廢棄舊運河河道之上的堅尼街（Canal Street），不但橫跨在古老的中國城社區與小義大利區之間，也連接了時髦與流行商業集中的蘇活區（SoHo）與雀貝卡區（TriBeCa）。因此，各種民族風味的高、中、平價餐廳、名牌精品店、名牌仿冒品折扣店、五金建材及家電用品批發店、藝術材料用品大賣場、中國南北雜貨及傳統菜市場等各型各類的活動，全都聚集在這一帶區域之內，不但是觀光購物者的天堂，也是華裔新、舊移民解除鄉愁的最佳去處。

四海一家同歡聚

地鐵A、C、E線在堅尼街上的車站，於二

作者	華特・馬丁 Walter Martin、帕洛馬・蒙諾茲 Paloma Munoz
名稱	歡聚（A Gathering）
年代	1998
材質	不鏽鋼
地點	十四街地鐵站 ④⑤⑥ N R Q W L

○○○年完成內部的現代化及整修工程，並由藝術家華特・馬丁與帕洛馬・蒙諾茲共同設計的作品〈歡聚〉贏得作品設置權。當乘客走進車站，發現車站裡總共有一百八十一隻發亮的白頭翁、烏鴉與山鳥的青銅塑像，三五成群、各有姿態地站在售票亭的包廂上方、出入月台的旋轉門旁邊，或是鏤空柵欄圍牆的縫隙之間，凝視或觀察著來往乘客。

馬丁與蒙諾茲藉著鳥類喜歡群聚及擅長社交行為的天性，比喻車站附近豐富多元的各類商業活動，以及與周邊多種族移民社區的地理環境特色相互呼應。過往的乘客或許能從鳥兒們鮮活的身形姿態與彼此互動的身體語言中，找到非常擬人化與紐約人身上特有的傲氣與滑稽。

故事要從1784年說起

地鐵N、R線在堅尼街上的車站，正好位於華埠的中心地帶，是早期華人移民落腳與聚集之處，所以被稱為中國城站。天性勤勉的華人，以開餐館、紡織廠、乾洗店、成衣加工廠、貿易商行為業，經過百年的開枝散葉，成就了今天紐約中國城的面貌與規模。

旅美華裔藝術家李秉在華埠地鐵車站設計的作品，特意依循紐約地下鐵車站大量使用陶磁浮雕及馬賽克磁磚拼貼藝術等材料，搭配各個車站的人文、地理背景，作為車站內部壁面裝飾及標誌系統的設計原則，重新打造一組既富傳統理念又有創新概念的當代中國城意象。李秉以傳統馬賽克拼貼的手法，沿著整個車站將近三千英呎長的牆面，設計了全新的帶狀車站壁飾及站名名牌。其中，特別以如意、茶壺、蝙蝠、書卷、雲紋等傳統中國紋飾的造形，燒製成馬賽克磚雕，作為帶狀壁飾的重複主題，標榜車站與中國文化風土之間的關聯。在N、R線堅尼街車站通往4、5、6號線堅尼街車站的地下通道轉角整面牆面上，李秉以一七八四年二月二日，在喬治華盛頓的生日當天，第一艘名為「中國皇后號」（Empress of China）的商船，從紐約港出發前往中國，開啟中、美貿易與移民路線的歷史事件，作為這件大型陶片壁畫的作品名稱。將華裔及其他族裔人群在中國城周邊區域生養繁衍的歷史與發展，簡約轉化成數百個象徵圖案，例如：鈕釦代表中國城曾經有過成衣加工廠林立的鼎盛時期等，逐一將它們燒製成單獨的陶板之後，再拼聚成一整片大壁畫，象徵多種族裔文化在中國城社區大融合的社區特性。

炮台公園城／千泊街地鐵站 ❶❾Ⓐ©
河浦新生地變成紐約新都心

位於曼哈頓島最南端、哈德遜河出海口的炮台公園，是下曼哈頓地區（Lower Manhattan）唯一覆蓋大片樹木的綠地。整座公園不但是建在廢土填河的新生地上，公園內仍保有多處歷史及軍事遺蹟，最負盛名的是美國獨立戰爭時期，英軍要塞城牆上的一個鏽蝕斑斑的大砲，公園並因此而命名。

從炮台公園向南邊的港灣望去，可以望見史坦頓島、艾麗絲島、自由女神像，以及哈德遜河口對岸的紐澤西。若是由此沿著西街往上城方向一路走到位於千泊街（Chamber Street）與西街交口，便可走到全紐約升學率排名最高的史戴佛遜高中（Stuyvesant High School）。沿路經過的河濱地區包括史坦頓島往返曼哈頓的渡輪頭、紐約麗池卡爾頓飯

作者　李秉　*Bing Lee*
名稱　皇后之旅（Empress Voyage）
年代　1998
材質　馬賽克磚雕
地點　堅尼街地鐵站 ❻Ⓙ Ⓜ N Q R W Ⓩ

店、北角小型遊輪港、猶太大屠殺紀念館、長一點二英哩的哈德遜河河濱休閒大道、世貿中心舊址、世界金融中心、紐約商務交易中心，以及散布在其中大大小小的住宅群、公園、廣場、遊艇與水上計程車碼頭、花園綠地。而這整塊佔地約九十二英畝的填土新生地，就是炮台公園城。

炮台公園城公共藝術步行參觀路線及導覽

　　紐約州政府於一九六八年立法成立的公共福利機構「炮台公園城管理局」（Battery Park City Authority），是負責規劃與管理這

一新生土地區塊的開發機構。法令明定此區土地使用比例為：住宅42%、商業及辦公空間9%、開放空間30%、街道與路面19%，在經歷近四十年的開發與建設之後，炮台公園城呈現出今天的規模。其中，淚滴公園（Teardrop Park）及其中的景觀公共藝術作品，是二○○四年秋季才完成的最新建築體。「炮台公園城管理局」在規劃初期階段，便立定心意將藝術家與藝術創作溶入整個炮台公園城的空間、活動規劃與硬體建設過程中，使得炮台公園城從南到北的區域之

炮台公園城公共藝術步行參觀路線及導覽圖

內，歷年陸續累積了二十件個個精采的大型戶外公共藝術作品，以及規劃許多個室內及戶外的廣場，爲暫時性公共藝術品及各類藝術表演活動的場地。

由於整個區域佔地甚廣，地鐵1、2、3、9、4、5、A、C、N、R線均可抵達公園城的北、中、南不同區段，容易造成讀者在使用此書或安排欣賞路線時的困擾。本書將以地鐵A、C線的千泊街地鐵站作爲起點，規劃一個由北而南的「炮台公園城公共藝術步行參觀路線及導覽」，讓讀者一次預覽炮台公園城區域內所有的公共藝術作品，可依狀況安排實際走訪的行程。

千泊街地鐵站

地鐵A、C線的千泊街地鐵站，設有地下行人通道可與1、2、3、9線的公園廣場地鐵站互通；從公園廣場站可經由另一條地道直接步行到E線的世貿中心站，形成世貿中心周邊三個地鐵站之間的地下互聯網，以便承載每天從四面八方搭乘地鐵湧進世貿中心及周邊地區的

作者 克莉斯汀·瓊斯 Kristen Jones
      安德魯·金哲爾 Andrew Ginzel
名稱 巧目盼兮（Oculus）
年代 1998
材質 石材鑲嵌
地點 干泊街 Ⓐ Ⓒ 公園廣場地鐵站 ❶ ❾

人潮。

一九九八年，克莉斯汀·瓊斯與安德魯·金哲爾這對夫妻檔藝術家，讓走進翻修整建後的千泊A、C街與公園廣場地鐵站1、9的乘客眼睛一亮。他們所設計的彩色石材鑲嵌拼貼壁畫〈巧目盼兮〉，是在這兩個車站邀請了一百位不同性別、年齡、職業、人種等類型的乘客，將他們的眼睛拍攝成照片之後，再以各色石片依照相片鑲嵌拼貼出一幅幅的單眼壁畫；然後將共三百幅的壁畫，鑲嵌在整個千泊街地鐵站與公園廣場地鐵站的月台與走道牆面上。在公園廣場地鐵站的入口的下一層壁面上，還設計了一個九百多公分寬、橢圓形的超大眼睛壁畫。

這組作品不但反映出在千泊街地鐵站及其周邊地區出入人群的全球化與多元性，同時詼諧地呈現了人們在這個空間中會有的共同視覺經驗。因為，在世貿中心周邊區域經常會遇見張大眼睛觀望的觀光客。

洛克菲勒公園

走出千泊街地鐵站，往西沿著千泊街一直走，穿過西街，經過史戴佛遜高中，在千泊街底與河濱街（River Terrace）交口，順著一座水泥階梯向走下，便會走進洛克菲勒公園（Rockefeller Park）。在這裡，有四組氣派非凡的大

尺度公共藝術作品等著與您的身體及心靈接觸。

首先迎接人們的是一對立在石頭門墩上的猴子銅雕，然後在凸出於地面上的銅質大腳丫的引領下，您的腳步便走進一個讓人目不暇給、驚喜不已的童話雕塑世界。各式大大小小的精緻卡通人物及動物造形銅雕，如鋪天蓋地般隨著公園的景觀設計與座椅、戲水池、圍牆等設施，創造了超越欣賞年齡上限與下限的幻想時空。這是藝術家湯姆·歐特尼思於一九九二年完成的作品〈真實世界〉，是他最負盛名的童話與詼諧創作風格，也是最受紐約人歡迎的作品之一。（圖見122、123頁）

在河濱街與華倫街（Warren Street）交口的正下方，有一座看起來像涼亭的建築物，座落在一個可以俯視草坪與另一邊城市街道的風景交會點上。四方形的木質屋

湯姆·歐特尼思1992年〈真實世界〉中的作品（左圖）。

作者 湯姆·歐特尼思 *Tom Otterness*
名稱 真實世界（The Real World）
年代 1992
材質 銅
地點 洛克斐勒公園（左、右頁圖）

頂是由十二根較細的木柱環繞支撐，但亭子的中心，卻在上升了三個階梯層的平面上，另外矗立了四根陶立克式（Doric）古樸風格的磚頭柱子。這是由國際知名的建築理論大師狄米區·波菲李歐斯，借用及混合不同建築風格語彙的手法所設計的一座涼亭。人們可以隨著柱子所形成的陰影，坐在階梯上休憩或觀賞眼前無障礙的綠色世界或紐約下城的城市天空線。

作者　索·勒維特 Sol Le Witt
名稱　催眠的圈圈（Loopy Doopy）
地點　北端大道豪邸公寓酒店

沿著墨瑞街往東方向的北端大道（North End Avenue）走去，經過一個三角小公園，就是豪邸公寓酒店。走進飯店的大廳，您的眼光決不會錯過挑高十三個樓層的中庭牆面上，整片藍色與紫色色調的波浪線條壁畫，這是著名的美國當代觀念藝術家索·勒維特為這個空間量身訂製的超大型畫作〈催眠的圈圈〉。當人們走進旅館的挑高中庭，目光隨著畫作流線纏繞的線條移動時，會有一種被催眠的迷惑感，彷彿置身於深海漩渦之中，讓整個中庭原本巨大壓迫的空間感，轉換出優雅絢麗的海洋世界氣氛。

　　從北端大道繼續往南走到瑞克特街（Rector Street），右手邊會有一個看似古代歐洲石頭房舍的地方。這個佔地零點五英畝的景觀建築體，是著名雕塑及公共藝術家布萊恩·托爾所設計，於二〇〇二年完工的愛爾蘭大飢荒紀念碑。愛爾蘭大飢荒發生於一八四五至一八五二年之間，共計一百五十萬愛爾蘭人因大飢荒而死。紀念碑的入口是一個山洞式的穿堂，穿堂內的三片牆面，是以淺色的石灰石片層層砌成；上面又鑲嵌了一條條玻璃條片，上面刻著有關愛爾蘭大飢荒的感性文句。人們從這個空間中經過時，不同角度的光線照射進來，光影就像是輕撫過玻璃文字的手，給人從古代到現代、百年輕嘆的淒美；耳邊還可隱約聽見由擴音系統傳來今日全球飢荒人口的數字報導，藉由紀念性主題喚醒人們重視今日飢荒現況的手法，

作者　布萊恩・托爾（作者待確定）　*Brian Tolle*
名稱　愛爾蘭大飢荒紀念碑（The Irish Hunger Memorial）
年代　2002
材質　玻璃、化石化愛爾蘭石灰石、愛爾蘭原生植物
地點　炮台公園城

光影就像是輕撫過
玻璃文字的手。
（上圖）

紀念碑的入口是一
個山洞式的穿堂。
（左圖）

作者　狄米區・波菲李歐斯　*Demetri Porphyrios*
名稱　涼亭（The Pavilion.）
年代　1992
材質　花崗石、木料、磚、銅
地點　炮台公園城

隨著迂迴曲折的小徑上坡前進，二旁鋪滿了老舊的愛爾蘭石灰石塊與愛爾蘭荒野中常見的雜花野草。

使人昭然於心。

整個紀念碑的核心，是一座由托爾仍住在愛爾蘭的家族所捐贈的從大飢荒時期遺留至今的農舍實體建築，完全被包圍在二十五英呎高的土坵與一層層石灰石砌成圍籬的中心。觀眾必須經過穿堂才可抵達農舍遺址。從此處隨著迂迴曲折的小徑上坡前進，兩旁鋪滿了老舊的愛爾蘭石灰石塊與愛爾蘭荒野中常見的雜花野草。登上頂端之後，眼前即

是豁然開朗一片令人屏息的海天一色美景，艾麗絲島及自由女神像就在前方不遠之處。

世界金融中心

離開愛爾蘭大飢荒紀念碑，沿著河濱及紐約商務交易中心的大樓往南走，在向左轉進世界金融中心廣場（World Financil Center Plaza）之前，就可看見矗立在北灣遊艇碼頭（North Cove Yacht Harbor）西北角上的二座巨塔型雕塑。這二座指向天際的作品，呈

配對的輪廓與造形設計，它們都是由六個造形段落組成；一座是實體花崗岩材質、多角度、向下伸展的視覺設計，另一座則是鏤空、單一角度、螺旋向空中聳立的不繡鋼網狀結構。創作者是一九八九年巴西聖保羅雙年展大獎得主的藝術家馬丁・普瑞爾，他的設計是讓白天在河面上或陸地上活動的人們，都可看到這一雙彼此對話的門柱；而夜晚時分，在燈光的照射下，二道指向空中的

光柱，就像是指引方向的燈塔。 (圖見128頁)

　　看完雕塑繼續往世界金融中心廣場方向走去，這個廣場連結了世界金融中心一號到四號摩天大樓、玻璃拱頂的多苑（Winter Garden）、北灣遊艇碼頭、哈德遜河河岸。一九八六年世界金融中心興建之初，決策者便決定由藝術家夏・阿瑪雅尼、史考特・伯頓與建築師凱薩・裴利、景觀設計師保羅・富列伯格，攜手爲這個被視爲「炮台公園城

作者　馬丁・普瑞爾　Martin Puryear
名稱　目標塔（Pylons）
年代　1995
材質　花崗岩、不鏽鋼
地點　炮台公園城

作者　史都華・可拉佛　*Stuart Crawford*
名稱　紐約市殉職警察紀念碑（Police Memorial）
年代　1997
材質　花崗岩、人造噴泉、渠道
地點　炮台公園城

作者 夏・阿瑪雅尼 *Siah Armajani*、史考特・伯頓 *Scott Burton*、與建築師凱薩・裴利 *Cesar Pelli*、
景觀設計師保羅・富列伯格 *M. Paul Friedberg*
名稱 廣場（The Plaza）
年代 1986
材質 混合媒材
地點 炮台公園城（左、右頁圖）

伯頓的雕塑桌椅，
這座廣場被視為整
個炮台公園城的核
心地帶。（上圖）

冬苑的巨大玻璃屋空
間是欣賞紐約摩天大
樓的發燒景點。（中
圖、左頁圖）

九一一之後冬苑是
憑弔雙子星大廈遺
址、見證遺址重
建、再生的最佳視
點。（下圖）

作者　法蘭克・歐哈拉　*Frank Ohara*
名稱　立體詩
年代　1987
材質　鑄鐵・金・漆
地點　炮台公園城

冬苑的巨大玻璃屋空間是欣賞紐約摩天大樓的
發燒景點。（上、左下圖）

美國詩人形容紐約市城市朝氣的詩句文字，被
設計成鑲嵌在面向北灣鑄鐵圍欄上的立體詩。
（右中、左下圖）

作者 尼德・史密斯 *Ned Smyth*
名稱 上層廂房（The Upper Room）
年代 1987
材質 水泥、彩色玻璃、黃銅、碎石礫、藍灰砂岩
地點 炮台公園城

之核心地帶」的廣場做整體的設計，以期能創造出融合過去與未來生活元素的公共環境與景觀。

裴利是美國近代建築大師之一，世界金融中心的四棟摩天大樓建築群，就是他的最負盛名的代表作；其中，冬苑高達三十八公尺、長達六十公尺跨距的拱頂所創造的巨大玻璃屋空間，在富列伯格的設計下，十六株來自南加州摩亞沙漠的棕梠樹，搭配玻璃屋頂上周圍世貿雙子星大廈與世界金融中心摩天大樓的倒影，讓人以為走進了海市蜃樓的幻覺中，但它是二十一世紀美國建築的眞實

成就，也是欣賞紐約摩天大樓的發燒景點之一。雖然，九一一之後世貿雙子星大廈已從冬苑玻璃拱頂及紐約的天空線上消失。但冬苑的玻璃結構卻意外成為九一一事件的玻璃記憶體，是憑弔雙子星大廈遺址、見證遺址重建、再生的超大螢幕。（圖見130、131頁）

世界金融中心廣場上的環境與景觀式公共藝術，包含了從河岸、遊艇碼頭、廣場鋪面、樹蔭人行道到周圍建築物出入口之間，緩慢逐漸上升的等高線平面設計，以及伯頓鋪陳在廣場中的幾何型座椅功能石材雕塑、沿著廣場邊緣流瀉的階梯式深色花崗岩瀑

布、阿瑪雅尼將美國詩人法蘭克‧歐哈拉形容紐約市城市朝氣的詩句文字，設計成在面向北灣的鋸齒狀鑄鐵圍欄上的鑲嵌立體詩，以及樹蔭人行道下，三階木板看台式座椅設計，提供了人們與在廣場上活動，以及與廣場空間設施互動的各種可能性。（圖見132頁）

在北灣遊艇碼頭的東南角，世界金融中心廣場南端與自由街交接口之處，有一座利用人造噴泉、渠道、引流、瀑布、倒影水池、姓名牆、高低地形差異等元素，象徵警察職業生涯所設計的水景式公共藝術空間景觀作品，那就是完工於一九九七年的紐約市殉職警察紀念碑。當年，這座紀念碑的設計提案是由曾獲得許多項建築設計獎的設計師史都華‧可拉佛所提，從一百八十位參加競圖的候選人中脫穎而出。他的設計題案，成功且極富詩意地將水化身為警察職業生涯與個人生命的隱喻，三支聳立於水池上方的旗竿，隨著太陽光的移動，在水池及刻滿殉職警員姓名及殉職日期的綠色花崗岩石牆上形成的倒影，就像是守護著殉職亡靈的標兵，肅穆卻不失溫馨。（圖見129頁）

哈德遜河河濱休閒大道

從紐約市殉職警察紀念碑的綠色花崗岩姓名牆，拾階而上沿著河岸往南走，自由女神像在右前方越來越清晰可見，而河水也因距離出海口越來越近而浮現海藻漂流的蹤跡。當您走到一座帶有古埃及建築風味的露天神殿時，您的雙腳所站之處，正是哈德遜河河濱休閒大道的北端入口與亞伯尼街（Albany Street）交接之處。

順著台階而上，首先會與近東建築風格的相連五根紅碎石鋪面柱墩擦身而過，隨即來到一張配了十二張圓型石凳、以棋盤裝飾桌面的長方形石桌。石桌的後面則是由十二根鑲有彩色馬賽克磚片圖案的石柱，環繞在一座守護著一株棕櫚樹的祭壇式涼亭四周。以結合拜占庭藝術風格與工業材料，創作公共藝術作品聞名的藝術家尼德‧史密斯，在這件命名為〈上層廂房〉的作品中，再次以優雅的風格，塑造出一個享受舒爽空氣、面對河水與海水相融、既神祕又合諧、適合沉思與冥想的道場。（圖見133頁）

從亞伯尼街口沿河濱休閒大道往南走一條街口，便會來到瑞克特廣場，左轉走進廣場，有一座不鏽鋼拱門，是由擅長將科幻故事、結構主義與實用主義風格融入創作中的美國藝術家費雪所設計的。拱門高約十五公尺，左右二邊各有一個奇幻造形的尖塔，看上去既像是高壓電塔、又像是迷你的摩天大樓頂端造形；而中間門頂部分，架著一個鑲了一顆大珠寶的大圓帽或圓頂鐘塔的骨架，在其正下方垂掛著一個大銅錐。整個拱門架設在具有座椅功能的花崗岩基座上，夜晚在特殊設計的燈光照射下，光線穿透不鏽鋼骨架所形成的空間，頓時形成拱門似乎具有某種實際電訊傳輸功能的戲劇效果。

沿河濱休閒大道往南走一條街，左手邊就

作者　費雪　R. M. Fischer
名稱　瑞克特拱門（Recotor Gate）
材質　不鏽鋼
地點　瑞克特廣場

是西泰晤士街（West Thames Street）底的車道小圓環，以及小圓環連接河濱休閒大道之間的緩衝地段。觀念藝術家理查・阿爾茲維格以詼諧幽默且極富現代都會生活品味的手法，在一小片畸零地上規劃並設計了六件兼具雕塑及坐椅功能的大型戶外雕塑作品。

踏進這個頗有別人家後院感覺的地方，首先遇見的是一個縮短了高度、像是蹲坐在眼前的路燈；路燈的燈頭部分整個用不鏽鋼材質做成的盔甲包住，燈柱則是由上下二層的環形不鏽鋼條所形成的桌面與座椅環繞。旁邊的一顆樹，樹幹也以類似手法被圈出一片圓型板凳。除此之外，還有一對看似王冠的花崗岩石座椅，以及一對木條型的巨大躺椅。將原本可能只是一截死巷的社區空間，轉換成一個可供社區居民或遊客休憩、聊天的社區小公園。

走出小公園繼續往南走，炮台公園城的南灣（South Cove）就在正前方。整個南灣區

作者　理查・阿爾茲維格　*Richard Artschwager*
名稱　坐姿（Sitting Stance）
材質　不鏽鋼・木條
地點　西泰吾士街底車道圓環、河濱休閒大道（左、右頁圖）

作者 瑪莉・密斯 Mary Miss
史丹頓・艾可思督得 Stanton Eckstut
蘇珊・查爾得 Susan Child
名稱 南灣地景（South Cove Landscape）
地點 炮台公園城

域，從水岸到路面、從一樹一石到一草一花、從防波堤到眺望台，都是由美國首屈一指的環境藝術家瑪莉・密斯、整個炮台公園城河濱休閒大道規劃設計建築師史丹頓・艾可思督得、蘇珊・查爾得，共同精心設計的成果。

他們的設計主體包括以木樁沿著南灣的水岸組成的防波堤、一座蜿蜒伸入哈遜河面的木作堤防、一座造形像是船首眺望甲板，跟對岸自由女神像的頭冠十分神似的瞭望鐵塔，為人們所創造出的立體及平面的身體延伸與視線經驗。南灣這一段的河濱休閒大道上，經過設計師們的規劃，左手邊由高而低配置的是小丘、樹林、灌木叢、野生芒草及自然生長的花草，從全美各地收集來的各種大小岩石散置其中；右側巧妙地延伸水面的木樁材質，搭配藍色船頭霧燈，豎立了一整排的木樁路燈。黑夜來臨，即便有霧，海面上來自世界各地的商船駛近紐約的外海，這一排藍燈是水手們唯一看得見的指引，讓他

們確知就要靠岸了。所以，南灣也是許多行船人的心靈故鄉，也是他們上岸後，一定會造訪的地點。

南灣景觀公共藝術的規模與形式，細膩且帶詩意地連結了陸地與水域、自然與都會、過去與現在等面向的議題。因此，自二〇〇〇年完工至今，一直被美國公共藝術界視為重要的公共藝術語彙里程碑。

從南灣往第一廣場街，會看見一座六角形的塔型建築物，那就是於一九九七年完成的猶太大屠殺紀念館（Museum of Jewish Heritage-A Living Memorial to the Holocaust）。該館並在二〇〇一年在相鄰的土地，增建一座四層樓的東翼（East Wing）展廳，以及一座占地四千一百五十平方英呎的戶外紀念花園。館方為了讓這座花園也能像館內的展示品一樣，具有深層的紀念性意涵，特別委託公共藝術基金會，辦理公共藝術公開徵件。猶太裔英國籍的雕塑家安迪·高茲伍錫所設計的〈石頭之園〉贏得此案，

作者 安迪・高茲伍錫 *Andy Goldsworthy*
名稱 石頭之園（Garden of Stones）
年代 2003
地點 猶太大屠殺紀念館西側戶外紀念花園

於二○○三年設置完成。

　　高茲伍錫的設計一端面向自由女神像與哈德遜河出海口、一端與東翼展廳相連的狹長型花園中，散置十八個來自佛蒙特州的天然花崗岩石，每個岩石平均約一個人的高度、大小不一，形成可以在岩石之間遊走穿梭的小徑；每個岩石的正中心都有一個直徑二、三十公分的洞鑿穿，在其中種植一顆常青樹苗，日久天長之後，每棵樹苗都會自然地長大、枝幹伸展變粗，成為岩石塊的一部分；樹根也會向下生長至岩石下的土地中。高茲伍錫設計的這幅「樹苗從石頭中生長苗壯」意象，深刻地將生命本質中的不屈不撓與脆弱，融合在猶太大屠殺紀念館紀念二次大戰時期遭納粹屠殺身亡者，以及向倖存者致敬的宗旨中，作品借用藝術語彙與紀念館、自由女神像等所在場域的歷史與地理意義，所連結出的氛圍與寓意，令人動容，動人心弦。

　　自一九九二年起，炮台公園城管理署開始以提供場地的合作方式，由公共藝術基金會與創意時代兩個民間基金會針對特定地點，提出並執行暫時性公共藝術作品的設置計畫。離開猶太大屠殺紀念館，沿著第一廣場街在炮台廣場街（Battery Place）右轉，左手邊就是紐約麗池卡爾頓飯店。位於炮台廣場街與小西街）交口上的廣場，就是創意時代固定邀請國際知名當代藝術家參與創作的暫時性公共藝術設置計畫：「麗池卡爾頓廣

作者 東尼‧桂格 *Tony Cragg*
名稱 共鳴體（Resonating Bodies）
年代 1996
材質 青銅
地點 華格納公園

場上的藝術」（Art on the Plaza of Ritz-Carlton New York）的設置地點。旅美華裔行為及觀念藝術家張洹，就曾於二○○四年受邀在此創作一件戶外裝置作品。通常，創意時代在這個廣場上所設置的作品，展覽六

到十個月，這對飯店的住客、附近社區的居民，或是來到炮台公園的遊客，都是一個附加的福利與觀賞景點。**（圖見158頁）**

華格納公園

麗池卡爾頓飯店廣場的正對面，就是位於

炮台公園城最南端的華格納公園（Robert F. Wagner, Jr. Park）。公園入口的櫻花樹林旁，有兩座大型青銅雕塑，一個是直立的土八低音大喇叭造形，另一個則是橫躺的魯特琴，這是一九八八年英國透納大獎得主東尼・桂格完成於一九九六年的作品〈共鳴體〉，桂格想要藉由樂器與使其發出響聲的能量之間的關係，比喻地球上包括人體在內的任何物體，都是被聲音、光、熱、電磁波、收音機與電視訊號等各種能量所環繞的基本概念。

而這二個超大樂器,看起來希奇古怪但十分有趣討喜,常常吸引大人小孩觀眾的靠近與撫摸。

走進公園內,隨著不同區域的草皮與花圃之間的小徑走上一圈,就可欣賞到三位完全不同風格大師的三件不同材質雕塑作品。美國著名女性雕塑家路易斯・波哲娃所做的二顆超大眼珠造形花崗岩雕塑〈眼睛〉,就斜躺在草地上像是在仰望天際。凸出的瞳孔、眼球尺寸及彼此放置的距離,都是經過波哲娃精密的計算與安排,爲的是引起觀眾腦海中,出現一張大臉或一個巨頭的想像。

轉二個彎,草皮上有一座美國六〇年代普普大師吉姆・戴恩一九九〇年的手稿〈猴子與貓之舞〉,翻製成一隻面帶微笑、身著長裙的「女貓」與一隻溫柔體貼的「男猴」,親密相擁、翩翩共舞華爾滋的銅像。這件作品直接了當地將周遭帶入一種輕鬆有趣,濃得化不開的羅曼蒂克氣氛中,親密、歡樂與優雅的心靈享受,走向下個目的地。(圖見143頁)

第六節 皇后區

法拉盛可樂那公園

佔地一千二百五十五英畝的可樂那公園（Flushing Meadows Corona Park），約是曼哈頓中央公園的一倍半大，曾經是主辦一九三九年與一九六四年兩次世界博覽會的場地。被視為紐約市皇后區地標，高一百四十英呎、鏤空不鏽鋼地球儀，就在公園內。這座象徵世界和平的雕塑，是由美國鋼鐵公司（The US Steel Corporation）於六四年世界博覽會期間設置的。公園中的密多湖（Meadow Lake），是紐約市內最大的天然湖泊之外，也是附近法拉盛華裔社區，每年舉辦國際龍舟賽的固定場地。

在協體育館地鐵站的月台上，輕易地可以找到標示著美國網球公開賽的箭頭指標，只要跟著指標走，便可走到一般稱之為國家網球中心（National Tennis Center）的阿姆斯壯體育館。沿著圍繞網球場的馬路往下走，便可走到豎立於公園心臟地帶廣場上的大地球儀。在這片廣場上，藝術家麥特‧墨利肯將在可樂那公園舉行的兩次世界博覽會的精采歷史畫面，轉換成四百六十四片蝕刻在花崗岩石塊上的圖像，包括博覽會期間的建

作者	麥特‧墨利肯 Matt Mullican
名稱	蝕刻花崗岩地面鋪面
年代	1995
材質	花崗岩
地點	可樂那公園廣場

築、發明的物件、公開的先進技術等等。整件作品不但與廣場上的大地球相互輝映，描述著人類文明演進的故事，也深深地刻畫出這片土地的歷史。

從大地球儀往公園的西南角走去，或是從地鐵7線的一百一十一街地鐵站下車，沿著一百一十一街走，可走到紐約科學博物館。這是紐約唯一以生物、科學、科技爲主題的應用博物館。走進館內圓型大廳，中間一、二樓之間是一道觀眾可以從二樓看見一樓的圓形挑空透明玻璃不鏽鋼扶手圍欄。藝術家佛瑞德・湯馬塞利便根據博物館的宗旨與展覽精神，並利用這個建築的特色，設計出一件帶動觀眾用眼睛觀看、用大腦想像與理解所見到景象與身體所在位置關係的觀念藝術性公共藝術作品；也是百分之百因地制宜、爲紐約科學博物館量身訂製的精采作品。

湯馬塞利先在一張紐約市地圖上定出這個圓形扶手圍欄的大約位置，然後以這個點爲圓心，畫出一個二十公尺直徑的圓，再從圓心以正北方位爲起訖點、每五度的刻度往圓圈上畫一條直線，共畫出七十二條放射線。每一條線與圓圈交叉之處所對應的地點，湯馬塞利便去實地拍一張照片，並沖洗成彩色正片。（**圖見148頁**）

這七十二張實景彩色正片，被固定在一個膠片放大鏡與一片透明樹脂玻璃之間，然後依照對應的方位嵌在圓形不鏽鋼扶手圍欄上。也就是說，當觀眾將眼睛對準某一個放

大圖片時，其實身體也正朝向照片中十公尺外的眞實地點；而觀眾透過眼前的放大鏡與透明樹脂玻璃所吸收的光線，所看到的放大風景，也正是十公尺外的眞實地點景象。湯馬塞利也在每一個鏡片之上都設計了一塊銅牌，標明景象的確實位置與地點資訊。

皇后區圖書館法拉盛分館 ❼

地鐵7號線在皇后區的終點站，就是素有「小台北」之稱的法拉盛（Flushing）。因爲在這個地區，住著非常多的台灣移民，與台灣互動密切的相關僑社組織或會館，也都設籍在這裡。連市立皇后區圖書館法拉盛分館，不論是網站或圖書資料，都有針對台灣移民的服務項目。法拉盛素來也是其他亞洲國家與伊斯蘭國家移民的落腳處，因此成爲一個多元人種與文化的移民社區。

走出地鐵站，沿著緬街（Main Street）往吉盛納大道（Kissena Boulevard）方向，步行大約八分鐘即可走到皇后區圖書館法拉盛分館的入口。非常巧合的是，法拉盛圖書館內所設置的三件公共藝術作品，都是女性藝術家的作品；她們各自在不同的館舍建築空間立面上設置不同材質的作品，但全都採用噴砂蝕刻的製作技術。

在圖書館大門入口與街面馬路之間的一段淺色花崗岩鋪面石階上，藝術家席拉・迪布萊特維爾在階梯的豎板上，蝕刻了敘述「搜尋」這個字義的英文及各國文字，意圖將

作者　凱薩琳·璐易絲 Kathleen H. Ruiz
名稱　連續畫面（Sequence）
年代　1997
材質　蝕刻花崗岩、金箔、銀箔
地點　紐約市立圖書館皇后區法拉盛分館 ❼

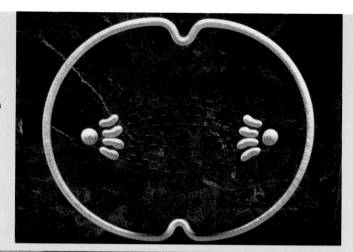

作者 佛瑞德‧湯馬塞利 *Fred Tomaselli*
名稱 半徑十公尺（Ten Kilometer Radius）
年代 1996
材質 攝影照片、膠片放大鏡、透明樹脂玻璃
地點 紐約科學博物館 ⑦

作者	席拉・迪布萊特維爾 *Sheila de Bretteville*
名稱	搜尋：文學（Search：Literature）
年代	1998
材質	蝕刻花崗岩
地點	紐約市立圖書館皇后區法拉盛分館 **❼**

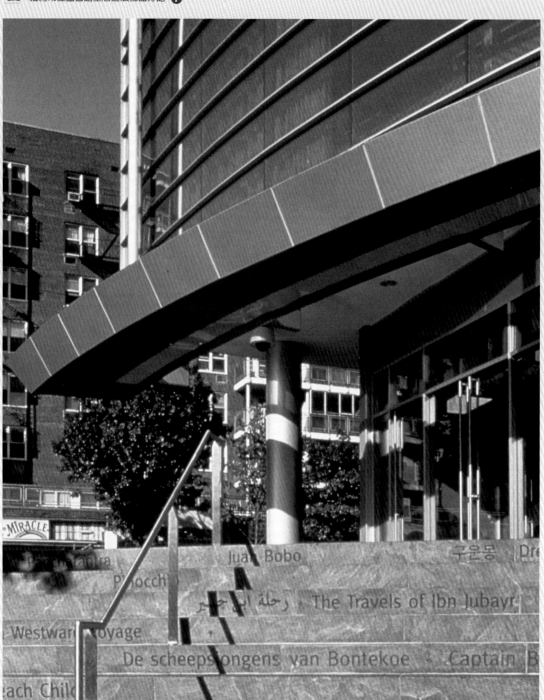

作者　閔詠順　Min Yong Soon
名稱　花的世界（World of Flowers）
年代　1998
材質　蝕刻玻璃
地點　紐約市立圖書館皇后區法拉盛分館（左、右頁圖）**7**

「圖書館是人們搜尋知識的天堂」，以及「法拉盛居民共同的人生旅程故事，就是爲了尋找更美好、更自由的生活而移民」之間，某些動機、經驗與過程的共通性，透過文學字義的方式連結起來。迪布萊特維爾的設計，精準而高明地運用「爲了尋找某種東西，而踏上一段搜尋歷程」的隱喻及影射手法，讓圖書館的階梯（設置地點）、圖書館的服務功能（基地特性）、使用圖書館的居民（公共藝術的服務對象）三者之間，在人們「踏上」這件作品的那一刹那，產生了關聯與意義；也同時示範了藝術家如何巧妙地將文字、社區文化與視覺藝術三者，轉換成公共藝術作品的創作元素。

在圖書館建築的外牆花崗岩牆面上，藝術家凱薩琳・璐易絲在黑色石材上，蝕刻了細胞由一分裂成二過程的八個〈連續畫面〉，用金箔與銀箔強調其中的線條。璐易絲將細胞成長過程中形體的變化形象，用來比喻人們透過知識的追尋而獲得對事物的理解，進而創造更多的知識，最終造福人類的過程；也企圖利用這八幅壁飾所呈現出的動態，反映出圖書館內的活動，以及圖書館與所在社區之間的互動。**（圖見147頁）**

在兒童閱覽室內的玻璃窗牆面上，韓裔藝術家閔詠順所設計的〈花的世界〉，是在二十四片玻璃窗格上，蝕刻了一幅透明的紐約市行政區地圖，並特意將皇后區置於紐約市的五個行政區的中心；然後在每個顯示出透明地圖的窗片上，疊上以磨砂蝕刻做出的半透明花園景像，片片玻璃呈現出枝葉扶疏、花團錦簇的優雅氣質。閔詠順選擇代表了將近二十個國家的國花的六種花卉，包括玫瑰、百合、蘭花、鬱金香、蓮花、茉莉花等，來引申出法拉盛地區人種與文化的豐富與充滿生命朝氣的移民性格，也同時呼應了皇后區曾經是紐約市的園藝花卉中心的發展歷史。

（圖見150、151頁）

第七節　布魯克林區壯麗公園野生動物中心

一九三五年七月三日，布魯克林區內唯一的動物園成立於壯麗公園內，後來改制成爲壯麗公園野生動物中心（Prospect Park Wildlife Center）。搭乘地鐵Q線或B線在壯麗公園站下車，跟隨指標走到平步西大道（Flatbush Avenue）即可抵達。該中心在經過五年的整建，以及三千七百萬美元的經費投入之下，於一九九三年十月重新開幕。

藝術家瑪格・哈瑞斯用上色鋁條，搭建出九個超大型海底生物造形的中空金屬雕塑，它們在南大門入口進入園區的主要路徑上，或蹲踞或盤據，或從二十英呎高度的空中橫跨，造形包括蟒蛇捕食青蛙、人們必須從它腳下穿過的大章魚、大海鰻等。

大章魚。（右圖）

作者　瑪格‧哈瑞斯　Mags Harries
名稱　樹雕二十年計畫（Topiary：A Twenty Year Project）
年代　1993
材質　Topiary Sculpture，韓國黃楊木、上色鋁條
地點　布魯克林區壯麗公園野生動物中心　Q B

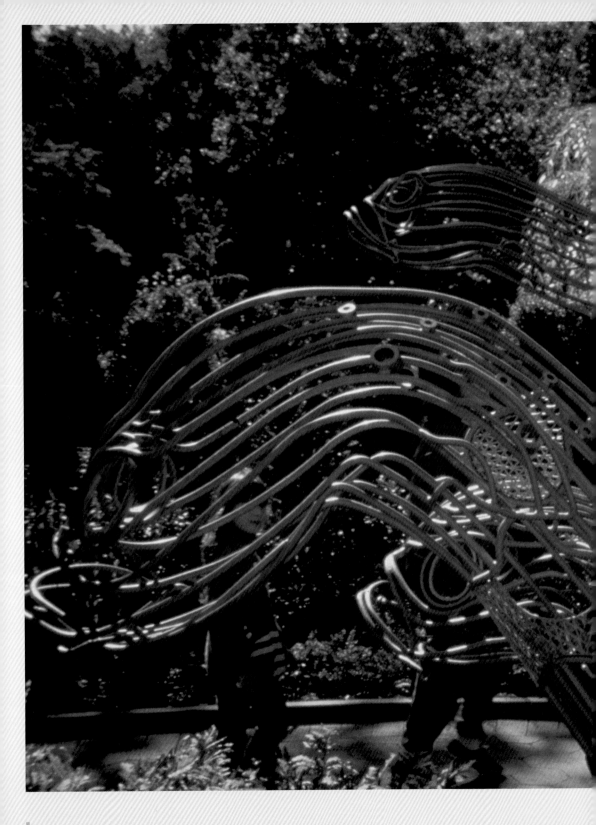

大海鰻。（左、右圖）

這些海底生物造形的金屬雕塑，都是「長」在沿路的各式流線形花台及安全島上，而且每個雕塑的中空底部，都種了一叢黃楊木樹苗。往後，黃楊木的枝葉將順著雕塑的空間長大、填滿。於是生冷、中空的金屬生物造形雕塑，在時間的催化與枝葉的生長與包裹下，逐漸變成綠色、有生命的形體。例如：大章魚大約需要二十年的時間可以長滿變綠。

因此，時間、成長、養育便成為這件作品的核心意義，以及與野生動物中心的功能與宗旨相互輝應；而黃楊木就像是時鐘，當兒童觀察到雕塑逐漸被枝葉填滿時，代表他們自己也已經長大，或許正帶著自己的小孩舊地重遊，記錄著這些樹雕在不同成長階段時的形象。

大章魚。

第五章 公共藝術定義對藝術創造之過程與結果提出了同等的重視。公共藝術已不再被簡單地定義為壁畫、地標或紀念碑類型的作品。新的公共

結語

旅美華裔行為及觀念
藝術家張洹在麗池卡
爾頓飯店廣場的戶外
裝置作品〈和平〉

　　紐約市文化局百分比公共藝術計畫室、大
都會交通捷運署公共藝術計畫室、紐約市公
立學校公共藝術計畫室、公共藝術基金會、
創意時代等，這些公、民營及非營利性質的
機構，在推動公共藝術上的表現，不論在藝
術專業度、活動能見度、活動多元化的程
度，都使得紐約市在國際城市形象、都市環
境與國際藝壇之間享有一定的評價與認可。

　　以所介紹的案例來看，當代藝術的形式尚
未進入蓋棺論定的階段；就一般民眾對藝術
的認知與喜好來說，它既主觀又因人而異；
而公共藝術所涉及的空間又屬於大眾使用的
公共空間。因此，由官方所發展、奉行多年
的標準版永久性公共藝術設置觀念與流程，
難免走上需與各方意見妥協之途，形成藝術
創作形式的限制與規格化趨勢。今日的藝術

品味，未必一定能獲得未來觀眾的認同，故
而民間的藝術團體以提供更多藝術創作自
由、結合多元藝術領域之名，為非傳統形式
的藝術創作與都會公共空間，積極媒合具有
實驗性格的各類暫時性公共藝術，持續對公
共藝術的官方版定義、執行形式提出修正與
對應，企圖將公共藝術的功能擴大至社區認
同及都市發展。正如發行美國唯一的全國性
公共藝術專業半年刊：《公共藝術報導》
（Public Art Review）的非營利性藝術機構
「預告公共藝術工作坊」（Forecast Public
Artworks），針對公共藝術的定義所作的宣
告：「公共藝術已不再被簡單地定義為壁
畫、地標或紀念碑類型的作品。新的公共藝
術定義對藝術創造之過程與結果提出了同等
重視。今日的公共藝術除了在公共空間內設
置繪畫或雕塑類的藝術品之外，還包括了活
動、表演、暫時或短期的藝術品裝置或設
置、影像的投射、音效工程、互動式街頭劇
場等。這些為特定地點所設計的活動或裝
置，通常都要能具體反映出該地點所具有的
歷史、街道鄰里環境、居民生活、當下社會
議題等元素或特性。因此，公共藝術不但是
一種具創造性的行動與實驗，藉以探索不同
類型的觀眾與藝術形式之間的互動關係與可
能性，同時也是藝術家、設計師、社區領
袖、民眾、社區內的組織或機構、藝術行政
人員、場地或基地持有者之間的互動與解決
問題的過程。」

作者	雅妮西‧卡普爾 *Anish Kapoor*
名稱	天鏡 Sky Mirror（電腦合成草圖）
年代	2006
材質	不鏽鋼
地點	洛克菲勒中心

【致謝】

圖像提供與協助 COURTECY OF IMAGES

BATTERY PARK CITY AUTHORITY

CREATIVE TIME

PERCENT FOR ART, DEPARTMENT OF CULTURAL
AFFAIRS, NEW YORK

PUBLIC ART FUND

圖像版權 PHOTO CREDIT

MAURICIO ALEJO	COKE WISDOM O'NEAL
BART BARLOW	CHARLIE SAMUELS
MARIAN BARDERS	MATTHEW SUIB
DENNIS COWLEY	PERFORMANCE STRUCTURES
AARON DISKIN	EILEEN TRAVELL
WILL FALLER	ROBERT WILLSON
HIRO IHARA	蔡國強工作室
SEONG KWON PHOTOGRAPHY	張洹
JOHN MARCHAEL	何春寰

國家圖書館出版品預行編目資料

【空間景觀・公共藝術】帶你逛紐約無牆美術館＝A Highlight Tour of Public Art in New York

何春寰／撰文 -- 初版 -- 台北市：藝術家出版社, 2006〔民95〕

面；17×23公分

ISBN-13 978-986-7034-15-1（平裝）

ISBN-10 986-7034-15-5（平裝）

1.公共藝術--美國紐約

920　　　　　　　　　　　　　　　　　　　　　95015456

【空間景觀・公共藝術】
帶你逛紐約無牆美術館
A Highlight Tour of Public Art in New York

黃健敏／策劃

何春寰／撰文

發行人　何政廣
主編　王庭玫
文字編輯　王雅玲・謝汝萱
美術設計　苑美如
封面設計　曾小芬

出版者　藝術家出版社
台北市重慶南路一段147號6樓
TEL：（02）2371-9692～3
FAX：（02）2331-7096
郵政劃撥：01044798 藝術家雜誌社帳戶

總經銷　時報文化出版企業股份有限公司
倉庫：台北縣中和市連城路134巷16號
TEL：（02）2306-6842

南部區域代理：台南市西門路一段223巷10弄26號
TEL：（06）261-7268／FAX：（06）263-7698

製版印刷　欣佑彩色製版印刷股份有限公司
初版／2006年9月
定價／新台幣380元

ISBN-13 978-986-7034-15-1（平裝）
ISBN-10 986-7034-15-5（平裝）
法律顧問　蕭雄淋